Immer Ärger mit Lacy Brown

Vollständige Neuübersetzung

Die ein wenig durchgeknallte Friseurin Lacy Brown ist ein Wirbelwind mit jeder Menge potentiellem Ärger im Schlepptau, als sie in den aussterbenden texanischen Ort fährt und sich mit den örtlichen Kupplerinnen zusammentut, entschlossen, all den einsamen Cowboys zu helfen, Ehefrauen zu finden. Sie hat große Träume und eine Vision, doch sie rechnet nicht damit, dass ein gewisser Cowboy der Schlüssel dazu ist, ihre Träume wahrzumachen.

Um einen Ort vor dem Aussterben zu retten, ist mehr nötig als Träume und eimerweise Farbe. Dazu braucht man jede Menge Liebe … wenn sie nur ihr eigenes Herz dieser Möglichkeit gegenüber öffnen kann.

DIE COWBOYS VON MULE HOLLOW SERIE:
Was bekommt man, wenn man eine nationale „Ehefrauen gesucht"-Kampagne startet? Eine beherzte

Friseurin mit der Vision, dem Aufruf zu folgen, im Glauben, das Liebe nicht nur in der Luft, sondern auch in den Haaren liegt; drei leidenschaftliche Kupplerinnen, die wild entschlossen sind, ihren aussterbenden Ort zu retten. Und wenn man dann noch eine Horde ungläubiger Cowboys auf der Suche nach oder auf der Flucht vor der Liebe in den Mix wirft, was bekommt man dann? Das Rezept für jede Menge Spaß und eine preisgekrönte Serie, in die man sich einfach verlieben muss.

IMMER ÄRGER MIT LACY BROWN

Die Cowboys von Mule Hollow Serie
Buch Drei

DEBRA CLOPTON

Immer Ärger mit Lacy Brown
Copyright © 2017 Debra Clopton Parks

PROLOG

Lacy Brown saß auf der Tür ihres rosa Caddy Cabriolet und betrachtete den verschlafenen Ort, den aufzuwecken sie die ganze Nacht hindurch und fünfhundert Meilen gefahren war.

Um sechs Uhr am Morgen wirkte der Ort geradezu komatös. Es war ein mitleiderweckender Anblick, eine seltsame Ansammlung von Gebäuden aus Ziegeln und Schindeln, die zu beiden Seiten der verlassenen Straße taumelten. Der Ort hatte schon bessere Tage gesehen. Zumindest hoffte Lacy, dass es so war; es sah nicht so aus, als ob es noch viel schlimmer kommen könnte.

Alle Gebäude hatten dringend einen Anstrich nötig. Die Bürgersteige waren aus Holzplanken – echten Holzplanken – und die Hälfte davon war entweder verzogen oder fehlte ganz. Jeder Aspekt dieses Ortes schrie um Hilfe, doch die leeren Fenster waren es, die am meisten aussagten. Verschmiert mit Schmutzschichten, die wahrscheinlich Jahre alt waren, begrüßten sie Lacy wie Augen voller Verzweiflung.

Sie zog den zerknitterten Zeitungsausschnitt aus der Tasche, der ihr Leben verändert hatte.

„Kleinstadt Mule Hollows – wo die Cowboys groß sind und es an Frauen fehlt. EHEFRAUEN GESUCHT…"

Lacy hatte sich schon immer zu Menschen in Not hingezogen gefühlt. Und, guter Gott, in diesem Fall hatte ein ganzer Ort SOS gefunkt.

Darum war sie jetzt im Morgengrauen hier und starrte die Hauptstraße von Mule Hollow hinunter.

Der Anblick traf sie ins Herz. Es war, als hätte dieser Ort zu viele Leute auf diese Straße einbiegen und gleich weiterfahren gesehen.

Sie verstand das Gefühl allzu gut, doch sie verdrängte den Gedanken und konzentrierte sich auf ihre Mission. Sie schloss die Augen, als ihr der sanfte Hauch einer Morgenbrise ins Gesicht wehte und sie etwas spürte. Einen Herzschlag?

Einen Funken.

Das war's! Sie öffnete die Augenlider und genoss die warme Berührung der Sonne, die langsam über den Dächern aufging.

Sie verstand.

Mule Hollow hielt den Atem an. Es sehnte sich nach Veränderung.

Wartete auf jemanden, der seinen müden alten Gebäuden wieder Leben einhauchte.

Ein Gefühl des Friedens breitete sich in ihr aus, und sie wusste, dass sie die richtige Entscheidung getroffen hatte, hierher zu kommen.

KAPITEL EINS

„Auf, auf Sheri! Wir haben es geschafft. Wir sind in Mule Hollow!" Lacy Brown beugte sich hinüber und klatschte mit der Hand auf ein paar spitze, hochhackige Stiefel auf das staubige Armaturenbrett ihres rosa Cadillac Oldtimers.

Das zerknautschte Häuflein neben ihr war ihre Freundin und Partnerin. Sie öffnete ein Auge. „Nein, nicht jetzt", brummte sie. „Ich habe gerade von gutaussehenden Cowboys geträumt, die sich um mich streiten."

„Warum träumen?", trällerte Lacy enthusiastisch. „Mach die Augen auf und sieh dich um."

Mit Haaren, die an ein aufgeplatztes Sofakissen erinnerten, setzte Sheri einen Fuß nach dem anderen auf das Bodenblech, stemmte sich in eine aufrecht sitzende Position hoch und starrte aus dem Fenster.

„Du machst Witze, *oder?*"

„Ist es nicht wunderschön?", fragte Lacy und breitete die Arme aus. So, wie sie auf der Autotür balancierte, hatte sie das Gefühl, auf dem Gipfel der Welt zu sein.

„Wunderschön? Lace, siehst du nicht, was ich sehe? *Schau dir dieses Kaff an!*"

„Nein, nein, nein, jetzt sei keine Spaßbremse, Sheri. Schau nochmal. Und ich meine *richtig.*" Überschäumend vor Aufregung sprang Lacy auf den Sitz ihres Cadillacs. „Stell dir jedes dieser tristen, farblosen Gebäude in einer anderen Farbe des Regenbogens vor. Wie ... wie diese komischen Skidörfer in Colorado – nur leuchtender." Sie packte Sheri bei den Schultern und sah ihr in die Augen. „Wir haben dafür gebetet, unser eigenes Geschäft zu eröffnen. Und du weißt, dass Gott mir eine Vision geschickt hat, als ich diese Anzeige gelesen habe. Meine Liebe, ich sage dir, wer auch immer diese Anzeige geschaltet hat, funkt auf derselben Wellenlänge. Wenn wir es eröffnen, kommen sie. Ich weiß es. Ich spüre es in meinem Herzen."

„Meine Liebe" – Sheri holte tief Luft – „das ist kein Maisfeld und du bist *nicht* Kevin Costner."

Lacy setzte sich wieder auf die Kante der Tür. „Nein, ich bin nicht Kevin Costner, aber wenn

Singlefrauen von all diesen großen, einsamen Cowboys, die sich nach wahrer Liebe sehnen, lesen, dann kommen sie – Männerjägerinnen jeder Couleur. Wer weiß, vielleicht gibt es Hunderte davon."

Sheri verdrehte die Augen, lächelte jedoch.

Mehr Ermutigung brauchte Lacy nicht. „Kein Witz. Manche Mädels werden kommen, weil sie heiraten wollen. Andere wollen nur spielen. Und wenn das Geflirte erst einmal anfängt – wo gehen solche Mädels dann zuallererst hin?"

Sheri biss sich auf die Lippe, um ihr Lächeln zu unterdrücken, doch dann kapitulierte sie. Direkt zu *Heavenly Inspirations*", sagte sie gedehnt. „Wo Liebe in der Luft und in den Haaren liegt!"

„Ja. Ja! Das sag ich ja", zwitscherte Lacy. „Ich mache ihre Haare, du ihre Nägel. So sind wir nicht nur unabhängige Geschäftsfrauen, die auf eigenen Beinen stehen, sondern bekommen auch noch die Gelegenheit, jeder dieser Ladys zu erzählen, was der Herr für uns getan hat." Lacys Augen glitzerten. „Besser geht es gar nicht."

Sheri kicherte und schlug sich dramatisch die Hand vor die Brust. „Okay, Moses. Ich gebe auf. Gott hat dir gesagt, dass du herkommen sollst, und ich will sicherlich nicht diejenige sein, die sich *Seinem* Willen in den Weg stellt. Wir wissen ja beide, dass du diejenige bist, die den direkten Draht in Sein Büro hat, ich bin nur mit dabei." Sie hielt inne, rieb sich die Augen und streckte sich. „Aber, meine liebe Freundin," – sie gähnte – „erstmal müssen wir Kaffee finden. Ich sterbe sonst."

Sheri hatte recht. Es war eine lange Fahrt durch die Nacht gewesen, um hierher zu kommen. Lacy setzte sich in einer flüssigen Bewegung hinters Lenkrad und löste die Handbremse. „Dann sollst du Kaffee bekommen. Ich muss zugeben, du siehst aus, als könntest du ein paar Tassen gebrauchen." Sie duckte sich, als Sheri ihr ein Kissen auf die Schulter schlug. Sie lenkte den rosa Cadillac nach rechts in Richtung eines Gebäudes am Ende der Straße, vor dem ein paar alte Pick-up Trucks geparkt standen. „Der Immobilienmakler hat was von einem Diner an der Hauptstraße gesagt. Hm. Schau, das ist es", sagte sie und bog auf den Parkplatz vor dem Gebäude ein. Ein von der Sonne ausgeblichenes Schild lud sie in Sam's Diner ein. Auf der linken Seite war handschriftlich „Frühstück von 6:00 bis 8:00 auf eigene Gefahr" vermerkt. Lacy trat auf die Bremse. Während sich ihre Freundin noch am Armaturenbrett abstützte, kletterte Lacy bereits über die verschlossene Autotür, um das heruntergekommene Gebäude aus der Nähe zu betrachten. Sie blieb stehen, als eine getigerte Katze sie aus ihrem Versteck unter den Holzbrettern des Gehsteigs hervor anfauchte. „Hey, was ist los, kleiner Freund?" Das offensichtlich wilde Tier wich zurück, stieß jedoch weiter schauerliche Laute aus. „Ich hoffe, du bist nicht unser Begrüßungskomitee", lachte sie leise.

Vom Auto aus stöhnte Sheri. „Es sollte eine Sünde sein, so energiegeladen zu sein. Wer dich sieht, würde nie glauben, dass wir die ganze Nacht durchgefahren sind, um hierher zu kommen."

Lacy richtete sich auf und wandte sich ihrer Freundin zu. „Ich bin zu aufgeregt, um müde zu sein. Du nicht auch?" Sie schloss die Augen. Das Gefühl in ihrem Herzen war jetzt noch stärker. Sie spürte das Flüstern von Hoffnung. Als sie die Augen wieder öffnete, sah sie Sheri eindringlich an. „Das hier ist unsere Zukunft. Unser Schicksal."

Sheri öffnete die Tür. „Nur du kannst eine winzige Anzeige lesen, dass Kleinkleckersdorf am Arsch der Welt Frauen braucht, und deine Zukunft dort sehen. *Und* gleichzeitig Gottes Ruf hören."

„*Unsere* Zukunft." Lacy stemmte eine Hand in ihre Hüfte. „Dir gehört auch ein Teil des Geschäfts."

„Oh ja, meine ganzen Ersparnisse", sagte Sheri. „Alle dreihundertvierunddreißig Cent."

Lacy ignorierte Sheris Neckereien, drehte sich um,

trat auf den holzbeplankten Gehsteig und ging auf das verwitterte Gebäude zu. Liebevoll strich sie mit der Hand über das raue Holz. „Du bist ganz genauso begeistert wie ich, Leben in diesen Ort zu bringen." Sheris Gejammer zu ignorieren war zur Gewohnheit geworden. Früher war Sheri ein Mauerblümchen gewesen, so schüchtern, dass sie einem kaum in die Augen sehen konnte. In der Grundschule waren sie darum Freundinnen geworden. Lacy hatte es sich zur Aufgabe gemacht, Sheri von der Seitenlinie weg zu ziehen, mitten ins Geschehen. Darum war Sheris Selbstvertrauen über die Jahre gewachsen und ihr humorvolles Geplänkel war zu einer lieben Gewohnheit geworden.

Lacy strich mit der Hand über das Holz und sah ihre Freundin mit hochgezogener Augenbraue an. „Du weißt, dass du es nicht erwarten kannst, diesen öden Haufen trockenen Holzes zu streichen."

„Wenn die Leute hier wüssten, was du mit ihnen vorhast, würden sie die Gehsteige hochklappen und die Türen verriegeln." Kopfschüttelnd ging Sheri zur Tür des Diners. „Ich brauche Kaffee. *Sofort.* Bevor du es schaffst, dass sie uns aus dem Ort jagen und ich noch zwei Stunden warten muss, bis ich einen Kaffee bekomme."

Lacy beobachtete, wie ihre gar nicht mehr so

schüchterne Freundin durch die schwere Schwingtür des Diners trat. Was war mit dem schüchternen kleinen Mädchen passiert? Offensichtlich hatte Lacy abgefärbt, doch wenigstens hatte ihre Freundin keine Angst mehr vor neuen Orten oder neuen Gesichtern. Und das war gut so. Mit einem letzten Blick die Straße hinunter folgte Lacy Sheri in das Diner. Es war definitiv Zeit für einen Kaffee.

Im Inneren des Diners mischte sich der muffige Geruch des alten Gebäudes mit dem Duft des Kiefernholzbodens, Kaugummikugeln aus einer Kaugummimaschine und starkem, wohlriechendem Kaffee.

„Kaffee", stöhnte Sheri in Richtung des alten Mannes hinter dem hölzernen Tresen.

Er erinnerte Lacy an eine Rosine. Klein und überall verschrumpelt, war er so niedlich, dass sie gegen den Impuls ankämpfen musste, ihn zu kneifen. Doch offensichtlich wäre das kein guter Anfang. Stattdessen setzte sie sich in eine Nische und hob zwei Finger. „Machen Sie zwei draus, bitte."

Sie zupfte ihr orangefarbenes T-Shirt von ihrer Haut und fächelte sich Luft zu. Nach fünfhundert Meilen Fahrt mit offenem Cabriodach fühlte sie sich klebrig und stinkig. Doch sie liebte ihr altes Cabrio und würde es für nichts in der Welt gegen ein neues

Auto eintauschen. Frischer Wind in ihren Haaren. Das war Leben. Wen störten schon die paar Fliegen hier und da, mal zwischen den Zähnen, mal im Auge …?

Sie trommelte mit den Fingern auf dem Tisch und nickte den beiden uralten Männern zu, die in der Ecke am Fester Dame spielten. So also sahen die Frühaufsteher hier aus.

„Hi", rief sie.

Sie nickten und spielten unbeeindruckt weiter, während Lacy sich umsah. Eine Jukebox in der anderen Ecke zog ihre Aufmerksamkeit magisch an. Wie alles andere im Café schien sie aus einem Jahrzent zu kommen, in dem sie selbst noch nicht einmal ein sündiger Gedanke gewesen war. Die Jukebox hatte einen Kranz bunter Lichter und war voller kleiner Schallplatten. Unwiderstehlich.

Sie kramte in ihrer Tasche bis sie eine Münze fand, warf sie ein, wählte ihren Lieblingssong „Blue Suede Shoes" und kehrte an ihren Tisch zurück.

Danke, Gott. Alles ist perfekt.

Jerry Lee Lewis' „Great Balls of Fire" dröhnte aus dem Lautsprecher.

„Rattle my brain – Baabaaabie!", quietschte Sheri zur Musik. „Was ist mit Elvis?"

Lacy zuckte mit den Schultern, erstaunt, wie gut ihre Freundin sie kannte, und noch viel erstaunter zu sehen, was aus dem scheuen, wortkargen kleinen Mädchen geworden war. „Keine Ahnung. Das Ding muss seinen eigenen Kopf haben."

„Oh, da haben Sie recht", sagte der kleine Rosinenmann, kam hinter dem Tresen hervor und stellte zwei Humpen dampfenden Kaffees auf ihren Tisch. „Das ist der einzige Song, den das Ding spielt." Er schüttelte den Kopf. „Ich habe den Song mal gemocht, aber das ist lange, lange her. Was kann ich euch Mädchen zum Essen bringen?"

Lacy hielt ihre leuchtend pinkfarbenen Nägel still. „Für mich nichts, aber danke." Sie streckte ihm eine Hand entgegen und lächelte den süßen alten Mann an. „Ich bin Lacy Brown und das ist Sheri Marsh."

Er wischte sich die Hände an seiner weißen Schürze ab und schüttelte Lacys Hand. „Ich bin Sam. Was bringt euch Mädchen nach Mule Hollow?"

„Geschäft. Ich eröffne den neuen Friseursalon hier."

Sam verzog keine Miene, als sein Blick auf Sheri mit ihrem brünetten Vogelnest auf dem Kopf fiel, dann wandte er sich wieder Lacy zu. Als sie ihr Spiegelbild im Spiegel hinter dem Tresen sah, wäre Lacy fast vom Stuhl gefallen. Ihre weißblonden Locken spitzten unter ihrer Baseballmütze hervor wie geronnene Milch an einem heißen Tag.

Sam verzog jedoch immer noch keine Miene. „Ach so was", sagte er trocken, als wären Haare wie ihre vollkommen normal. „Der Immobilienmakler hat Adela gesagt, dass Sie nächste Woche kommen würden."

„Ich konnte es nicht erwarten", erklärte Lacy und klapperte wieder mit ihren Nägeln. „Geduld ist nicht gerade meine Stärke."

„Was Verrückteres als den Plan von euch Mädels habe ich noch nicht gehört. Ihr seid die ersten, das wisst Ihr schon, oder?"

„Das haben wir angenommen", sagten Sheri und Lacy wie aus einem Mund.

„Zumindest haben wir das gehofft", fügte Lacy hinzu.

„So wie ich das sehe, seid ihr wahrscheinlich die einzigen. Das Weibsvolk hat diese Anzeige geschaltet, nicht wir." Er seufzte und schüttelte den Kopf, als würde das alles erklären.

Es war offensichtlich, dass außer ihnen der einzige, der diesen Plan gut fand, Gott war. Lacy beobachtete die beiden Damespieler, die das Spielen aufgegeben hatten, um ihrer Unterhaltung zu lauschen. „Weiß zufällig einer der netten Herren hier, welches der Häuser da draußen meins ist?"

Sam schnaubte. „In diesem Ort haben sie seit zehn

Jahren kein Haus mehr vermietet. Jeder kennt Ihr Gebäude. Es ist hier an der Hauptstraße gegenüber von Petes Feed-and-Seed. Er dürfte gleich aufmachen. Ist nicht zu verfehlen. Das einzige Haus hier, vor dem sonst noch Autos parken."

Lacy stand auf. „Willst du später nachkommen, Sheri? Ich muss es mir ansehen."

„Sicher, mach nur, schau dir dein Schicksal an. Ich bleibe schön hier sitzen, trinke noch einen Kaffee und esse diesem guten Mann hier die Haare vom Kopf." Sheri streckte sich und tätschelte ihren Bauch, während sie Sam anlächelte.

„Machen Sie sich auf was gefasst, Sam. Sie meint es ernst." Im nächsten Moment winkte Lacy zum Abschied und ging hinaus.

Draußen auf dem Gehsteig zog sie den Schild ihrer Baseballmütze tiefer in die Stirn, um ihre Augen vor dem Licht der Morgensonne zu schützen. Sie stand jetzt höher am Himmel, und ein paar Autos fuhren die Straße entlang. Ein Stück weiter sah sie eine Tankstelle, die immer noch das Logo des fliegenden roten Pferdes zierte – offensichtlich aus einer anderen Zeit. Das Schild war auf einem Flohmarkt oder bei einer Auktion wahrscheinlich ordentlich was wert. Doch das echte Juwel des Ortes war noch ein Stück weiter die Hauptstraße runter – ein majestätisches altes

Haus mit Türmchen, Blitzableitern und voller Versprechen. Das war einen Erkundungsgang wert, dachte sie. Dann rückte sie noch einmal ihre Baseballmütze zurecht, ging zu ihrem Cadillac und sprang über die Tür.

Das vertraute Hochgefühl erfüllte sie, als sie den Schlüssel im Schloss umdrehte und der leistungsstarke alte Motor brüllend zum Leben erwachte. Der Klang erfüllte sie immer wieder mit Freude. An diesem Morgen strotzte sie vor Leben und fühlte sich großartig. Sie drückte das Gaspedal hinunter und das Zischen begann – direkt zwischen ihren Füßen! Im nächsten Moment krallte sich eine panische Katze an ihr Bein und grub ihre Krallen in ihre Haut. Lacy schrie vor Schmerzen auf, schaffte es jedoch, auf die Bremse zu treten, und brachte den Wagen gerade noch zum Stehen, bevor die verrückte Katze sie mit gefletschten Zähnen und ausgefahrenen Krallen ansprang.

Clint Matlock brauchte eine Dusche, ein paar Tassen von Sams starkem Kaffee und einen Galgenstrick. Er hatte wieder eine schlaflose Nacht hinter sich, da er versucht hatte, ein paar Viehdiebe zu erwischen. Er war wütend genug, in die Fußstapfen seines

Urgroßvaters zu treten und die Diebe zuerst aufzuknüpfen und später Fragen zu stellen.

Auf dem Weg zu Sam's Diner bog er mit seinem Jeep auf die Hauptstraße ein und war überrascht, als er einen unbekannten Wagen davor parken sah.

Sieh sich das einer an, dachte er, als er sich dem hässlichsten rosafarbenen Cabrio näherte, das er je gesehen hatte. Der Oldtimer war so riesig, dass die schlanke Frau, die daneben stand, winzig wirkte. Ein zierliches kleines Ding mit watteweißen Haaren, die in wilden Locken unter einer roten Baseballmütze hervor quollen. Sie hatte ihm den Rücken zugewandt, da sie in Richtung des alten Howard-Anwesens blickte, doch es bestand kein Zweifel, dass sie eine Frau war. Als er näher kam, überraschte sie ihn, als sie über die geschlossene Tür sprang und lässig auf dem Fahrersitz landete.

Er bremste seinen Jeep ab und wollte gerade auf den Parkplatz neben ihr einbiegen, als der Motor der alten Karre brüllend zum Leben erwachte. Die nächsten Augenblicke liefen wie in Zeitlupe ab, als das rosafarbene Monstrum auf ihn zu geschossen kam und dann abrupt stehen blieb. Clint reagierte geistesgegenwärtig, indem er die Bremse durchtrat, doch seine leere Thermosflasche flog in den Fußraum und rollte zwischen seine Stiefel, die Bremse und das

Gaspedal. Er versuchte, sie weg zu kicken, als er versehentlich aufs Gas trat. Wie ein Torpedo schoss Clints Jeep auf das andere Auto zu.

Auf den Aufprall war Lacy nicht vorbereitet gewesen. Sie hatte geschrien und beobachtet, wie die verängstigte Katze an ihrem Gesicht vorbei aus dem Cadillac gesprungen war, als es passierte. Der Aufprall schleuderte sie gegen das Lenkrad, bevor sie abprallte und wieder in den Sitz geworfen wurde.

Erschrocken blickte sie über ihre Schulter und keuchte, als der Jeep weiter an ihrem Wagen entlang schrammte.

Gerade eben war es noch ein wunderbarer Morgen gewesen, der Morgen eines strahlenden neuen Anfangs und wahr gewordener Träume. Im nächsten Moment fuhr ein staubiger grauer Jeep auf das hintere Ende ihres geliebten Babys, und ihre Träume waren verpufft.

Sie hatte kein Geld für so was!

Als der Cadillac endlich stehen blieb, waren Lacys Augen immer noch zugekniffen.

Sie hörte ein seltsames knisterndes Geräusch, gefolgt von einem bedrohlichen Zischen und dem widerlichen Gestank von verbranntem Gummi. Sie schickte ein Stoßgebet gen Himmel, dass niemand verletzt war, öffnete die Augen und spähte in den Rückspiegel, um zu sehen, wer sie gerammt hatte.

Stürmische, dunkle Augen, eingerahmt von schwarzem Rauch füllten den Spiegel aus.

Sie starrte wie hypnotisiert in diese Augen. Der Cowboy mit den wütenden Augen hob eine Hand und schob seinen zerknautschten Stroh-Stetson aus der Stirn, ohne den Blickkontakt mit ihr abzubrechen.

Lacy wusste, dass sie besser anfangen sollte zu denken, doch es gelang ihr nicht. Der Blick hatte sich in ihren Verstand gebohrt.

Wie angewurzelt saß sie auf ihrem Sitz und beobachtete, wie der Mann seine langen Beine aus dem verbeulten Jeep faltete. Oh Gott, sie hatte alles vergessen. Selbst die Katze, und dass sie sich ansehen musste, wie groß der Misthaufen war, in dem sie saß. Der Typ sah gut aus, von der männlichen, atemberaubenden Sorte. „Du meine Güte – oh du meine Güte ...", keuchte sie. Wenn der Spiegel sie nicht täuschte und alle Cowboys in Mule Hollow waren wie er, dann hatte sie ihre Erfolgsvorstellungen zu tief angesetzt. Woo-hoo! Die Frauen der Welt konnten sich auf einen Augenschmaus freuen.

Er war... schlank und muskulös, genau an den richtigen Stellen definiert – und diese Augen ... blitzend vor Wut und aufgewühlt wie das Meer.

Sie verlor ihn im Rückspiegel, als er näher kam.

„Sind Sie in Ordnung?", fragte er über ihre linke Schulter.

Seine gedehnte Aussprache, die so typisch für Texas war, ließ ihren Puls schneller schlagen, als sie sich auf ihrem Sitz zu ihm umdrehte. Oh du meine …. Sie schluckte schwer und blickte auf.

„Was haben Sie sich dabei gedacht?", fuhr er fort und rieb sich die Nasenwurzel.

Was für eine schöne Nase das war–

„Was haben Sie sich dabei gedacht?", wiederholte er mit angespannter Stimmlage.

Lacy kannte diese Stimmlage. Die bekam sie oft zu hören. „Nichts", quietschte sie. Sie hasste es, wenn sie quietschte.

„Lady, wenn Sie nicht wissen, wie man diese Rostlaube fährt, sollten Sie damit nicht auf die Straße."

„Jetzt machen Sie mal halblang!", schnaubte sie und vergaß einen Moment lang die Katze, um ihr Auto zu verteidigen. „*Sie* sind auf mich draufgefahren. Und passen Sie auf, wie sie über meinen Caddy reden!" Niemand redete so über ihren wertvollsten Besitz. Sie rutschte an ihrem Sitz empor und funkelte den unhöflichen Cowboy böse an. *Oh wow, Lacy ohhh...* Aus der Nähe sah er noch besser aus. Er erinnerte sie an Tom Selleck minus Oberlippenbart. Sein hellbraunes Haar lugte unter seinem Stetson hervor. Seine Augen waren bernsteinfarben mit goldenen und dunkelgrauen Sprenkeln, wahrscheinlich, weil er so wütend war.

„Mein Auto ist ein Klassiker. Elvis hat genau so einen gefahren", sagte sie mit ausdrucksloser Miene, doch es fiel ihr schwer, wütend auf einen Typen zu sein, der ihr helfen würde, ihr Geschäft zum Blühen zu bringen.

Wenn sie ihn als Aushängeschild für den Ort benutzte, würden auf lange Sicht ganze Horden von Frauen hierher ziehen wollen.

Die Miene des Cowboys wurde finsterer. Er stemmte seine Hände in die Hüften, straffte seine Schultern und atmete langsam aus. Nur mit Mühe gelang es ihr, den Blick von ihm zu lösen und sich auf ihren Wagen und den Schaden am Heck zu konzentrieren.

„Es … es ist die Wahrheit. Das ist ein 58er Caddy", stammelte sie, sprang aus dem Wagen und landete leichtfüßig vor dem attraktiven Cowboy. Verunsichert und nervös ging sie zum Heck ihres armen Autos, um sich den Schaden anzusehen und sich von *ihm* abzulenken. Der Kotflügel war verbeult und die Stoßstange zu einem schiefen Lächeln zusammen geschoben. Sie würde beides irgendwann reparieren lassen müssen, doch zum Glück war ihr Baby noch fahrtüchtig. Gott sei Dank für die schwere Metallkonstruktion des 58ers. Doch über den Jeep konnte man leider nicht dasselbe sagen. Der Kühlergrill war eingedrückt, der Kotflügel verbeult, und schwarzer Rauch und zischende Geräusche drangen unter der zerknautschten Motorhaube hervor. Es klang wie diese furchtbare Katze. „Es tut mir so leid", seufzte sie.

„Nicht so sehr wie mir. Ich hoffe, Sie sind versichert", sagte er trocken.

Lacy schluckte schwer. Das gefürchtete V-Wort. Sie liebte das Fahren, und sie verbrachte Stunden in ihrem Wagen, und sie hatte bisher nur zwei Unfälle gehabt, die beide auch nicht ihre Schuld gewesen waren. Doch ihrer Versicherung war bereits egal, wer die Schuld an den Unfällen trug, denn in beiden Fällen waren die Unfallverursacher nicht versichert gewesen. „Also, genau genommen–"

„Na wunderbar."

Lacys Magen begann zu rebellieren. Sie zwang sich, schnell zu denken. Noch eine Unfallmeldung bei ihrer Versicherung, und sie würden sie rauswerfen. Hasta la vista, Baby.

„Gibt es irgendein Problem, Clint?"

Lacy wirbelte herum und starrte die nächste sehr

breite Brust an. Diese gehörte einem hochgewachsenen Mann in Uniform. Sie musste ihren Kopf in den Nacken legen, um ihn anzusehen. Wer auch immer die Anzeige aufgegeben hatte, hatte nicht gelogen.

„Ma'am", sagte der Riese und tippte zum Gruß an seinen grauen Stetson. „Sieht aus, als hätten Sie ein kleines Malheur gehabt."

„Brady. Dieses verantwortungslose Huhn ist aus dem Parkplatz geschossen und hat mich gerammt–"

„Das habe ich nicht", protestierte Lacy. „Sheriff, es stimmt, dass ich aufs Gaspedal getreten habe, weil dieses Katzenvieh mich angegriffen hat, aber ich habe sofort auf die Bremse getreten. Ich habe bereits wieder gestanden, als er auf mich aufgefahren ist. In einem Moment war er nicht da, und im nächsten, Bamm! Direkt hinter mir. Ich bin mir nicht sicher, ob Ihnen das schon mal passiert ist – vielleicht nicht. Wie auch immer, Hupen wäre vielleicht nett gewesen."

„Was? Lady, Sie sind auf mich zugeschossen. Da soll ich noch Zeit zum Hupen haben? In einem Moment schießen Sie auf mich zu, im nächsten bleiben Sie stehen. Das abrupte Bremsen hat meine Thermoskanne in den Fußraum und auf meine Pedale katapultiert."

„Aha! Sie *sind* auf mich drauf gefahren!"

Als der attraktive Cowboy auf sie zu trat, plusterte

Lacy sich auf und machte ebenfalls einen Schritt auf ihn zu. Sie standen da und starrten einander in die Augen, auch wenn sie ihm körperlich deutlich unterlegen war. Sie glaubte sogar, dass ihre selbstbewusste Reaktion ihn ein wenig eingeschüchtert hatte, bis er sie mit seiner elegant geschwungenen Nase und seinen Bernsteinaugen ansah, und zuerst schmunzelte, dann lachte er.

Er lachte! „Warum lachen Sie?"

„Weil das absurd ist. Wer sind Sie eigentlich?"

„Lacy Brown", sagte sie betont langsam.

„Lacy Brown, das Problem mit Ihnen ist, dass Sie nicht wissen, wann Sie verloren haben."

Lacy kochte. „Cowboy, ich habe noch nie verloren. Und damit werde ich jetzt auch nicht anfangen. Sie haben keine rechtliche Handhabe."

Gelächter kam von der neugierigen Menge, die sich versammelt hatte. Lacy wandte ihre Aufmerksamkeit dem freundlichen Riesen zu, der schweigend neben ihnen stand. „Jetzt, Sheriff–"

„Brady", sagte er.

Lacy lächelte und schüttelte seine ausgestreckte Hand. „Sheriff Brady. Ich bin neu hier im Ort und will keinen Ärger machen. Es muss eine Möglichkeit geben, wie wir uns einigen können."

„Lacy!", keuchte Sheri, als sie aus dem Café kam.

„Was ist los?"

„N-nichts. Ich mache nur Bekanntschaft mit den Einheimischen." Sie quietschte wieder.

Sheri betrachtete den Schaden an beiden Autos. „Ah, die Beulenmaschine ist wieder mal dran."

„Beulenmaschine!", echote Clint, der Cowboy. Lacy warf Sheri einen finsteren Blick zu.

„Was ist das mit der Beulenmaschine?", fragte Sheriff Brady.

„Was ist mit einer Versicherung?", fragte Cowboy Clint und neigte den Kopf.

Sein lodernder Blick glitt an ihr empor und plötzlich pochte ihr das Herz gegen die Rippen.

„Also ich–"

„Hab ich mir gedacht", sagte er gedehnt.

„Was soll das denn jetzt bitte heißen?" Die Art, wie er sie ansah, beunruhigte sie. Doch was sie noch mehr beunruhigte, war seine Wirkung auf sie, selbst wenn ihr beim Gedanken an ihre Versicherung das Herz in die Hose rutschte.

„Es bedeutet, dass es mir einleuchtet, dass jemand, der eine solche Rostlaube fährt, keine Versicherung hat."

„Wow, Cowboy, Sie sind ein ganz schöner Snob." Er setzte einfach voraus, dass ihre Versicherungs- probleme ihre Schuld waren.

„Das bin ich nicht."

„Und was für einer. Nur, weil ich ein Auto fahre, das Ihnen nicht gefällt, kommen Sie zu dem Schluss, dass ich keine Versicherung habe."

Er zog eine Augenbraue hoch. „Sie *haben* keine Versicherung." Lacy tippte ihre Finger an ihren Oberschenkel und betrachtete die erwartungsvollen Mienen der Leute um sie herum. Selbst Sheriff Brady kratzte sich am Kinn und ließ die Szene, die sie und Cowboy Clint machten, auf sich wirken. „Ich habe nie gesagt, dass ich keine Versicherung habe!"

Nein, aber so gut wie keine. Wenn du sie benutzt, schmeißen sie dich raus. „Der Punkt ist der–"

„Dass sie meinen Jeep zu Schrott gefahren haben und keine Versicherung haben. Aber das ist mir auch egal, solange Sie zahlen. Cash."

Cash. Für Lacy lief es alles andere als gut. Es war wahr, er war auf sie aufgefahren, doch das Katzenvieh war der wirkliche Schuldige hier und spurlos verschwunden. Sie blickte zwischen Clint und Sheriff Brady hin und her, der nicht zu wissen schien, dass er hier einen Job zu erledigen hatte. Stattdessen schien er die Show zu genießen. Sie hatte mehr als ein Problem. Das bisschen Geld, das sie besaß, war für den Salon bestimmt. Ohne gingen all ihre Träume den Bach runter. Doch ohne ihre Versicherung konnte sie nicht fahren. Sie musste fahren. Konnte die Versicherung sie rauswerfen, auch wenn es nicht ihre Schuld war?

Sie benetzte die Lippen und dachte schnell nach. Nachdem sie ihren Salon eröffnet hatte, könnte sie die Reparaturen bezahlen, wenn es sein musste, und vielleicht musste sie den Schaden an ihrem Caddy gar nicht melden, sondern nur den am Jeep. Wenn Clint, der Cowboy, nur ein bisschen Geduld hätte und ihr Zeit geben würde – was er sollte, denn schließlich war *er* auf *sie* aufgefahren. Es machte ihr nichts aus, für den Schaden an ihrem Auto selbst aufzukommen. Schließlich war die Katze an allem schuld, doch was bildete sich dieser Typ ein, zu versuchen, sie zu überrumpeln und ihr die Schuld an allem zu geben? Das würde sie sich nicht gefallen lassen. Denn wenn es etwas gab, das Lacy Brown nicht leiden konnte, dann war das ein Bully.

„Wo sind nur meine Manieren?", fragte sie, denn es war an der Zeit, den Spieß umzudrehen. „Meinen vollen Namen habe ich Ihnen ja schon genannt, doch ich hatte noch nicht die Ehre. Clint–?"

Ihre Großmutter, Gott hab sie selig, hatte immer gesagt, dass ein Lächeln Ziegelsteine schmelzen und Gold kaufen konnte. Sie streckte die Hand aus, lächelte zuckersüß und wartete eine gefühlte Ewigkeit. *Ich will ihn nicht täuschen, Gott. Wirklich.*

Schließlich, nachdem er ihre Hand angestarrt hatte, als wäre es eine Klapperschlange, schüttelte er sie. Sein Händedruck war fest und energisch.

Lacy vergaß alles.

„Matlock."

Lacy war zu beschäftigt damit, ihre Reaktion auf seine Berührung zu verarbeiten, dass sie nicht verstand. „W-was?" Ihr Blick wanderte zu ihren Händen, dann zurück zu seinem Gesicht. Er zog die Augenbrauen hoch und seine Augen funkelten gefährlich. „Mein Name", knurrte er beinahe, bevor er ihre Hand fallen ließ, als wäre sie ein glühendes Brandeisen.

Lacy wippte auf ihre Hacken. Guter Gott, wo war all die Luft hin verschwunden?

„Matlock Clint – ich meine Clint Matlock, freut mich, Sie kennenzulernen", stammelte sie. Sie stemmte die Hände in ihre Taille, straffte die Schultern und versuchte nicht zu zeigen, dass seine Berührung sie gerade vollkommen aus dem Konzept gebracht hatte. Sie räusperte sich. „Und jetzt sagen Sie mir doch bitte – sind Sie versichert?"

„Ob ich versichert bin?", fragte er fassungslos. „Wozu sollte ich denn versichert sein?"

„Um für den Schaden an meinem Caddy aufzukommen."

Die Menge, die Lacy ganz vergessen hatte, grölte vor Lachen. Sheriff Brady schmunzelte. Clint warf ihm einen bösen Blick zu, dann sah er Lacy an.

Sie fand ihre Fassung wieder und lächelte so, dass ihre Grübchen sichtbar wurden. „Da wir ja praktisch Nachbarn sind und so weiter, dachte ich, dass Sie vielleicht keine Versicherung haben. Ich meine, jemand, der einen staubigen alten schwarzen Jeep fährt–" Sie konnte es nicht lassen, sie musste ihn aufziehen. Damit überspielte sie ihre Nervosität. Sie wedelte mit dem Finger und schnalzte mit der Zunge. „Sie wissen ja, wie solche Leute sind … wie auch immer, ich bin mir sicher, dass wir uns einigen können, wenn wir ein bisschen kreativ sind. Davon abgesehen wollen Sie doch sicher nicht, dass Sheriff Brady uns Handschellen anlegt und uns beide ins Gefängnis wirft, oder?"

Er starrte sie mit offenem Mund an. Diesen Blick hatte sie schon oft gesehen. Im Umkreis einer Meile hätte man eine Stecknadel fallen hören können. Sie wartete geduldig und genoss, dass er sie tatsächlich ernst nahm.

Nach einem Moment – einem sehr langen Moment — nahm er seinen Hut ab, senkte das Kinn und betrachtete seine abgewetzten Stiefel. Langsam klopfte er seinen Stetson gegen seinen Oberschenkel. Seine dicken sandbraunen Haare flatterten im schwülen Wind.

Lacy betrachtete seine Haare und wartete. Sie würde ihm sagen müssen, dass es nur ein Witz gewesen war, doch sie fand es niedlich, dass er ihr glaubte. Sie wollte gerade zugeben, dass sie sich über ihn lustig gemacht hatte, als Clint zu lachen begann.

Lacy starrte ihn an, als Clint den Kopf gerade so weit hob, dass er ihn neigen und sie mit diesen schönen Augen ansehen konnte.

„Sind Sie hier, um sich einen Mann zu angeln?", fragte er leise.

„Nein!" Sie schlug die Hand so hart auf ihre Brust, dass sie husten musste. „Nein. Ich bin hier, um anderen zu helfen, Männer zu finden."

Er hob das Kinn höher. Ein kantiges Kinn.

Ein schönes Kinn.

„Und wie wollen Sie das anstellen?"

„Ich werde ihnen die Haare stylen."

„Die Haare?" Er lächelte sie fragend an. „Und dann verlieben sie sich."

„Oh ja. *Love is in the hair*…", trällerte sie. Gekicher und Gelächter drang von der Menge herüber.

Clint verdrehte die Augen und ging zu seinem verbeulten Jeep. „Clint", rief Brady, als er in seinen Jeep kletterte. „Was soll ich machen? Sie ist neu hier."

29

Clint setzte seinen Hut wieder auf, dann ließ er den Motor an, der widerwillig zum Leben erwachte. „Lass sie gehen, Brady. Ich muss Viehdiebe fangen, und wenn ich noch viel länger hier herumstehe und versuche, mir mit der kleinen Miss Lacy Brown hier einig zu werden, ist auch noch der Rest meiner Herde weg, wenn ich zurück auf die Ranch komme."

„Wenn du das so willst", sagte Brady.

Lacy trat auf den Jeep zu. Clint legte den Rückwärtsgang ein und fuhr los, dann schob er seinen Hut tiefer in die Stirn und lenkte seinen traurig knarzenden Jeep nordwärts.

Als sie ihm nachblickte, breitete sich ein gefährliches Gefühl der Erwartung in Lacy aus.

Ein Gefühl, das ihr ganz und gar nicht gefiel.

KAPITEL ZWEI

Clint stand am Straßenrand und starrte den Kühler seines Jeeps an. Dampf stieg daraus auf und vermischte sich mit dem Rauch, der aus dem Motor drang. In seiner Eile, von Lacy Brown wegzukommen, war er einfach weggefahren.

Der wandelnde Wirbelsturm hatte seinen gesunden Menschenverstand ausgelöscht. Das würde erklären, warum er keinen Gedanken an den Schaden an seinem Auto verschwendet hatte – oder an die Tatsache, dass es die zehn Meilen zurück zu seiner Ranch nicht überstehen könnte. Jetzt, gestrandet am Straßenrand, musste er darauf warten, dass jemand ihn die letzten vier Meilen nach Hause brachte. Er hatte immer noch dringend Kaffee nötig, doch es sah aus, als wäre heute kein guter Tag dafür oder alles andere auch.

Natürlich besaß er ein Handy, doch das half ihm hier draußen nicht viel. Am Arsch der Welt gab es keinen Empfang. Es war typisch für sein Glück heute, dass die Strecke zwischen Mule Hollow und seiner Ranch eine toter als tote Zone war.

Von einem Haufen von Viehdieben überlistet, dann von Lacy Brown gerammt und jetzt das – was für ein Tag. Wenn er fair war, musste er allerdings zugeben, dass er Miss Brown eine Entschuldigung schuldig war. Es war seine Schuld. Er hatte ihren Wagen gerammt. Der Sachverhalt war klar, und es war falsch gewesen, ihr wegen ihrer Versicherung die Hölle heiß zu machen. Er hätte nicht so weit gehen dürfen.

Clint dachte, dass, wenn sie ein Vorgeschmack war auf das, was auf die Anzeige, die Norma Sue und die anderen aufgegeben hatten, kam, dann größere Schwierigkeiten auf Mule Hollow zukamen als bevor die Ölquellen versiegt waren.

Er rieb sich den Nacken, stellte sich mitten auf die verlassene Landstraße, jeweils ein Stiefel links und rechts der gelben Linie. „Hier kommt so schnell keiner entlang", sagte er zu den Vögeln, die am blauen Himmel über ihm ihre Bahnen zogen.

Außer seiner Ranch gab es nur eine Handvoll Häuser, die in dieser Richtung lagen, und die Straße war so tot wie der Ort selbst.

Er ging los.

Er hasste das, was aus dem Ort geworden war, in dem er aufgewachsen war. Wie alle, deren Wurzeln hier zwei oder drei Generationen zurückreichten, schlug es ihm auf den Magen, den Ort sterben sehen zu müssen. Besonders, wenn er sich daran erinnerte, was für ein schönes Plätzchen es gewesen war, bevor der Ölboom in den späten Siebzigern geendet hatte. Er war damals noch ein Kind gewesen, doch er erinnerte sich noch gut an die Bohrtürme, die überall auf den Weiden in der Gegend gestanden hatten. Als die Quellen versiegt waren, hatten die Arbeiter ihre Familien eingepackt und waren weitergezogen. Ihr Weggang hatte ein riesiges Loch in der Gemeinde hinterlassen.

Heute war vom Ort nicht mehr als ein paar Viehherden und einsame Cowboys übrig.

Die Männer allein konnten den Ort nicht wieder aufbauen.

Mule Hollow brauchte Frauen, damit sie Familien gründen konnten. Doch dieser Ort hatte Frauen nichts zu bieten. Die Rancharbeit bedeutete lange, harte Arbeit, und ließ den Männern nicht die Zeit, über eine Stunde in den nächsten Ort zu fahren, um ein Date zu finden. Das funktionierte einfach nicht.

Da hatten ein paar der älteren Frauen, die noch

hier waren, eine göttliche Eingebung (das sagten sie zumindest), und sie erkannten, dass Mule Hollow doch etwas hatte, das für den Ort sprach.

Mule Hollow hatte Männer.

Und das war der Anfang dieses hanebüchenen Planes und der Anzeigenkampagne gewesen. Eine Anzeige, um Frauen zu finden! Es klang sehr nach einem Katalogbräute-Modell aus einem alten Western. Doch die tatsächliche Inspiration kam direkt von Norma Sue Jenkins' Stammbaum. Ihre Urgroßmutter war eine echte Katalogbraut gewesen. Und eine Erfolgsgeschichte.

Das bedeutete aber noch lange nicht, dass diese Kampagne ein Erfolg werden würde. Und wenn die Frauen, die auf diese Anzeige antworteten, auch nur annähernd so waren wie Lacy Brown, dann täte Mule Hollow wahrscheinlich besser daran, ein vertrocknetes Schlagloch zu bleiben. Diese Frau machte ihm Sorgen. Er hatte Frauen wie sie aus der Nähe gesehen. Viel zu nah. Sie blieben nicht, und sie banden sich nicht. Und Frauen, die in schwierigen Zeiten nicht blieben, waren die Mühe einfach nicht wert.

Clint blieb stehen, nahm den Hut ab und wischte sich mit dem Handrücken über die Stirn. Er hatte den Zaun seiner Ranch erreicht. Von hier waren es noch drei Meilen bis zu seinem Haus, einer Dusche und dem

Kaffee, den er bisher nicht bekommen hatte.

Mit klirrenden Sporen ging er weiter und dachte lieber über die Situation des Ortes als über seine eigene nach.

Seine Männer waren begeistert, dass Frauen kommen würden. Sie waren jung, und er freute sich für sie. Doch er selbst hatte nicht vor, sich als *Köder* vermarkten zu lassen. Was ihn anging, könnten sie zu Tausenden hier aufkreuzen, ohne, dass er seine Meinung ändern würde.

Wie er bereits gesagt hatte, hatte er, Clint Matlock, schon am eigenen Leib erfahren, wie unbeständig Frauen sein konnten, und er würde sicher nicht zu den Männern gehören, die versuchten, den Ort am Leben zu halten, indem sie Bindungen eingingen, die nicht das Papier wert waren, auf dem sie geschrieben standen.

Lacy schob mit dem Stiefel einen Haufen Müll aus dem Weg. Sheri stänkerte ununterbrochen herum, seit sie das Gebäude betreten hatten. „Benutz deine Fantasie, Sheri. Alles, was du hier siehst, sind rein kosmetische Probleme, die sich leicht lösen lassen. Und *das hier* wird dem Salon eine super Atmosphäre geben."

„Ja, klar. Und um Himmels willen, Lace, das ist eine bröckelnde, unverputzte Ziegelwand!"

Lacy betrachtete die Wand. „Das ist schick. Denk wie eine New Yorkerin."

„In einem Kuhkaff, das Mule Hollow heißt?" Sheri verzog das Gesicht. „Ganz sicher nicht."

Sie standen nebeneinander und studierten die Ziegelwand, die sich über die ganze Länge des Ladens erstreckte. Sie war in keinem guten Zustand, doch Lacy hatte schon Schlimmeres gesehen. Nachdem ihr Vater abgehauen war, hatten Lacy und ihre Mutter in mehreren heruntergekommenen Apartments in Dallas gewohnt. Lacys Mutter hatte Lacy jedoch nie die Verzweiflung spüren lassen, die sie empfunden haben musste. Stattdessen hatte sie ihrer Tochter Weitblick beigebracht, die Fähigkeit, hinter den Schmutz zu blicken und die Schönheit zu sehen, die sie erschaffen konnten. Und oh, welche Schönheit sie doch erschaffen hatten… Wenn sie an diese Wohnungen dachte und an die Wunder, die jede Menge Muskelschmalz, runtergesetzte Farbe und jede Menge Liebe bewirken konnten, musste Lacy lächeln.

Beide waren so in Gedanken versunken, dass sie die Schritte hinter sich nicht hörten.

„Lacy hat Recht, Sheri. Sie müssen nur an dem Müll und dem Verfall vorbei blicken und sehen, was daraus werden könnte."

Erschrocken wirbelten Sheri und Lacy herum zu den drei älteren Frauen, die in der Tür standen und sie anlächelten.

„Hallo", sagte das Trio.

„Hallo", sagten die jungen Frauen, denen vor Schreck immer noch das Herz in der Brust pochte.

Das waren die Frauen aus dem Ort, jene weisen Frauen, die den Traum geträumt und einen Plan daraus gemacht hatten. Lacy fühlte sich sofort zu ihnen hingezogen. Sie betrachtete sie, als sie einander vorstellten. Da war Esther Mae Wilcox mit ihren feuerroten Haaren, die sich wie ein Berg Eiscreme auf ihrem Kopf auftürmten. Sie hatte schöne helle Haut mit einem Haufen Sommersprossen. Auf den ersten Blick sah Esther mit ihrem enormen Haar-ungetüm auf dem Kopf fast zehn Jahre älter aus als Anfang sechzig, wie Lacy sie jetzt schätzte. Esther Mae würde ihr erstes Makeover hier sein.

Norma Sue Jenkins war rund und klein, doch das Leben strotzte nur so aus jeder Pore ihrer von der Sonne ledrigen Haut. Ihr graumeliertes Haar war so ziemlich das drahtigste, was Lucy in all ihren Jahren als Friseurin gesehen hatte. Dass sie ein bisschen Conditioner gebrauchen könnte, war eine Untertreibung. Conditioner und einen guten

Haarschnitt, und das war Lacys Spezialität.

Dann war da noch Adela Ledbetter. Es war offensichtlich, dass sie einen guten Salon gefunden hatte. Ihr schneeweißes Haar trug sie stylisch kurz geschnitten. Ein paar längere Strähnen, die ihr in die Stirn fielen machten den Look weicher und betonten die strahlendsten und intelligentesten saphirblauen Augen, die Lacy je gesehen hatte. In den Augen dieser Frau sah Lacy einen verwandten Geist und den wahren Traum des Ortes.

„Sie haben die Anzeige aufgegeben", sagte Lacy und ergriff Adelas angebotene Hand.

„Ja", sagte sie. Ihre Stimme war sanft und kultiviert. Sie schien so gar nicht in einen Ort wie Mule Hollow zu passen.

„Gegen den Wunsch der Männer", polterte Norma Sue und ergriff gleichzeitig Lacy und Sheris Hände und schüttelte sie begeistert.

„Männer! Was wissen die schon", sagte Esther Mae und wippte mit ihrer dreistöckigen Frisur.

Lacy schmunzelte, dankbar, dass Norma Sue ihre Hand wieder losgelassen hatte. „Da kann ich nur zustimmen. Einer Unterhaltung mit Sam habe ich entnommen, dass die Jungs nicht begeistert sind von der Idee?"

„Ja und nein", seufzte Norma Sue. „Manche von

ihnen wollen es wirklich, doch sie sehen nicht das große Ganze. Sie vertrauen dem Herrn nicht genug, um zu wissen, dass Er Wunder wirken könnte, um unseren Ort am Leben zu erhalten."

„Darum, meine Lieben, müssen wir ihnen zeigen, das Vertrauen zu reichen Geschenken führen kann", sagte Adela.

Esther tätschelte ihr Haar und nickte. „Den Jungs hier im Ort wird schon noch das Hören und Sehen vergehen."

„Das ist eine Untertreibung", sagte Sheri. „Aber ich muss schon sagen, dass ich mich auf das Feuerwerk freue, wenn der Plan funktioniert. Wie vorhin zwischen Lacy und Clint. Der arme Kerl wusste gar nicht, was er tun sollte."

„Das hat er gebraucht", sagte Norma Sue. „So wie dieser Junge schuftet, könnte man meinen, dass es kein Morgen gibt."

„Ich bin froh, dass ich hergekommen bin", sagte Lucy. „Ich glaube, Ihr Plan wird ein großer Erfolg werden. Und Clint Matlock ist das perfekte Aushängeschild für die Kampagne, selbst wenn er es nicht weiß." Sie ging zum Fenster und blickte hinaus. Die Frauen folgten ihr. Sie fragte sich, ob sie sehen konnten, was sie sah. „Hier wird's bald rund gehen. Wir werden die Leute dazu bringen, sich zu verlieben, zu heiraten und Babys zu machen. Wir stürzen uns ins Partnervermittlungsgeschäft, doch nicht nur das – wir machen die Zukunft. Wir brauchen nur ein bisschen Gottvertrauen dazu."

Alle Blicke waren auf sie gerichtet.

Adela neigte den Kopf mit einem ernsten Lächeln zur Seite. „Die erste Vermittlung könnten Sie sein. Sam sagt, dass die Funken zwischen Ihnen und Clint nur so geflogen sind. Vielleicht sollten Sie mit gutem Beispiel vorangehen?"

Sheri keuchte.

Lacy reagierte genauso und wich zurück. „Auf gar keinen Fall. Ich bin hier, um ein Geschäft zu führen. Ich werde die Mädels aufhübschen, damit die Männer ihnen nicht widerstehen können, und ich werde ihnen helfen, so gut ich kann, um diese Mission zu einem Erfolg zu machen. Doch, was immer Sie tun, versuchen Sie bitte nicht, mich mit jemandem zu verkuppeln."

„Aber die Funken–", sagte Esther Mae.

Lacy hob die Hand, um Esther zu unterbrechen. „Funken oder nicht, ich bin nicht auf dem Markt."

„Himmelherrgott und warum nicht?", fragte Norma Sue.

In diesem Moment wollte Lacy nicht ihre Lebensgeschichte erzählen und erklären, warum

Männer *nicht* auf ihrer Wunschliste ganz oben standen. Doch eine ernsthafte Beziehung, die vor dem Altar landen konnte, war im Augenblick einfach nicht drin.

„Ich habe hier ein Geschäft aufzubauen. Einen ganzen Ort. Ich denke, meine Energie wird dem Ort besser nutzen, wenn ich nicht von der Jagd nach einem Mann abgelenkt werde. Ich bin hier, um zu helfen. Ich hatte eine Vision, dass das hier der Ort ist, an dem ich sein soll. Um anderen zu helfen, nicht mir."

„Nun gut", sagte Adela. „Ich halte das für eine bewundernswerte Mission. Und Sie haben vollkommen Recht, was Clint Matlock angeht. Wenn die Frauen herkommen und ihn die Straße entlang schlendern sehen, wird das Feuerwerk schon irgendjemanden treffen."

„Oh, wie schön das sein wird", seufzte Esther Mae. „Der Junge hat es nicht leicht gehabt, seit seine Mama mit dem Zirkus davongelaufen ist. Er braucht eine gute Frau, die ihm zeigt, dass nicht alle Frauen das Handtuch werfen."

Mit dem Zirkus? Das klang genauso interessant wie traurig. Lacy rang ihre Neugier nieder. Es bestanden keine Zweifel, dass die Funken fliegen würden, wann immer dieser Cowboy in der Nähe war. Doch das lag nur daran, dass Clint Matlock ein großer, griesgrämiger Kotzbrocken war.

* * *

Clint kämpfte gegen seine wachsende Frustration an, während er die tiefen Reifenspuren sah, die die Grenze zweier Weiden überquerten. Der Zaun, der die beiden Weiden voneinander trennte, war aufgeschnitten worden und weitere dreißig Rinder fehlten. In den letzten drei Monaten hatte er immense Verluste hinnehmen müssen, und er wusste nicht, wie er die Diebe fangen sollte. Eine Ranch, die so viel Land hatte wie seine, war schwer zu bewachen.

Sein Vorarbeiter, Roy Don Jenkins, stand neben ihm und betrachtete den Schaden. Er nahm den Hut ab und kratzte sich am Kopf. „Denkst du auch, was ich denke?", fragte er.

Clint hob ein Stück Stacheldraht auf. „Dass wir sie nie finden werden, wenn wir sie nicht zufällig auf frischer Tat ertappen oder sie einen dummen Fehler machen."

„Jupp, genau das denke ich auch." Roy Don setzte den Hut wieder auf und spie eine Ladung Kautabak aus.

Clint zog seine Lederhandschuhe aus der Gesäßtasche und zog sie an. Er hatte Ranchhelfer, die den Zaun reparieren könnten, doch er brauchte die Anstrengung. Seit er gestern im Ort gewesen war, war er rastlos, und er hatte von seinem Vater früh gelernt, dass harte Arbeit dagegen half. Mac Matlock hatte sein Leben lang hart gearbeitet. Er hatte sein Leben auf dem Land, auf dem das Vieh jetzt graste, aufgebaut und dasselbe Verantwortungsgefühl an Clint weitergegeben. Nachdem Clints Mutter sie verlassen hatte, hatte Clint gelernt, dass ein Mann alles überstehen konnte, wenn er draußen auf dem weiten Land arbeitete.

Er griff nach seinem Werkzeug, um sich an die Reparatur des Zauns zu machen, doch in Gedanken suchte er nach Ideen, wie er die Viehdiebe stellen konnte.

Roy Don spie noch eine Ladung Kautabak aus, dann nahm er ein Stück Stacheldraht, um ihm zu helfen. „Norma Sue kann nicht aufhören, über die Frau aus dem neuen Schönheitssalon zu reden. Sie sagt, sie ist ein richtiger Tatmensch."

Clint schüttelte den Kopf. „Du hast meinen Jeep gesehen."

Roy Don lachte. „Jupp. Als ich bei Pete das Futter abgeholt habe, habe ich von gestern Morgen gehört. Seltsam, dass du es gar nicht erwähnt hast."

„Da bin ich ja froh, dass ich zur Unterhaltung der Jungs im Futterladen beitragen konnte. Hab's nicht erwähnt, weil es nicht wichtig war."

43

„Klang, als hättest du alle Hände voll zu tun gehabt."

Clint sah den älteren Mann an. „Du hättest sie sehen sollen, Roy Don. Sie sah aus wie ein reizbares Huhn, das seine Küken verteidigt, hat die Brust aufgeplustert und mich böse angefunkelt." Er dachte an diese funkelnden jeansblauen Augen, die ihn angeglitzert hatten... *Oh nein, das wirst du nicht.* Das Letzte, worüber er jetzt reden wollte, war Lacy Brown.

Er wollte sie vergessen. Sie hatte ihn genug abgelenkt.

Roy Don spie erneut und redete weiter. „Sie ist fünfhundert Meilen von Dallas hierhergekommen. Ist alles in einer Nacht gefahren. Sam sagt, dass ihre Freundin ihm gesagt hat, dass es kein Halten gibt, wenn Lacy Brown sich erst einmal etwas in den Kopf gesetzt hat. Er sagt, sie hatte eine Vision von Mule Hollow, dass es ihr bestimmt ist, hier zu sein, darum hat sie ihre Siebensachen gepackt und ist hierher gezogen. Einfach so."

Dass eine Frau einfach so in einen fremden Ort zog, weil sie eine „Ehefrauen gesucht" Anzeige gelesen hatte, war nicht normal. Clint war der Meinung, dass jemand, der diesen scheußlichen rosa Cadillac fuhr, nicht ganz richtig im Kopf sein konnte. Doch er hielt den Mund und machte sich am

Drahtstrammer zu schaffen in der Hoffnung, dass sein Vorarbeiter den Wink verstehen und sich wieder auf die Arbeit konzentrieren würde.

Doch das tat er nicht.

„Norma Sue sagt, sie ist aufgeregter durch diesen verrückten Plan als sie es waren. Sie sagt, dass Adela und Esther sich Sorgen gemacht hatten, bis sie dann mit Lacy gesprochen haben." Er hielt inne und zwirbelte nachdenklich seinen Schnurrbart. „Ich weiß nicht, Clint, aber ich glaube, dass das ziemlich unterhaltsam werden könnte."

Clint schnaubte. Als er mit dem Zaun fertig war, zog er seine Handschuhe aus und ging zu seinem Truck. „Roy Don", sagte er, während er den Drahtstrammer auf die Ladefläche warf. „Das könnte ganz schnell außer Kontrolle geraten. Für mich sieht diese Lacy Brown nach Ärger aus."

KAPITEL DREI

An ihrem dritten Morgen in Mule Hollow entschied Lacy, sofort eine Routine einzuführen. Die Sonne erwachte gerade, und glitzernder Tau überzog die Wiesen. Sie stand auf der Veranda des kleinen Hauses, das Norma Sue ihnen zur Miete vermittelt hatte, und bereitete sich mit leichtem Stretching auf ihren Morgenlauf vor. Das Haus lang einsam außerhalb des Ortes an einer unbefestigten Straße, umgeben von endlosen grünen Weiden. Die Vögel zwitscherten, und die Bienen summten um duftende Geißblattranken herum, die um den Eckpfosten ihres Gartenzauns emporrankten. Das Haus lag in einer wirklich hübschen Gegend. Sie hielt mit ihrem Stretching inne und ließ den Frieden auf sich wirken. Sie wollte etwas in jemandes Leben bewirken. Doch sie würde ihren Mund hüten lernen und sich in

Geduld üben müssen.

Lacy fühlte sich energiegeladen, als sie die unbefestigte Straße entlang joggte. Sie hatte bereits am Vorabend angefangen, den Ort auf ihre eigene Art und Weise zu erkunden – mit einer Mitternachtsrundfahrt in ihrem Cabrio. Es gab nichts Besseres als eine Ausfahrt spät in der Nacht. Doch jetzt hatte sie diese ruhige Straße direkt vor ihrer Tür – und sie war perfekt zum Joggen und Meditieren.

Als sie aufblickte, wurde sie von noch mehr Frieden erfüllt, als sie sah, wie die Bäume ihre Zweige zu einem Baldachin verflochten, durch den leuchtende Sonnenstrahlen fielen und ihr den Weg wiesen. Ein paar Schritte weiter kam sie zwischen den Bäumen hervor auf ein Stück Weideland, das mit einem Drahtzaun von der Straße abgegrenzt war. Ein paar der Rinder, die darauf grasten, hoben den Kopf, als sie an ihnen vorbei joggte, dann wandten sie sich wieder ihrem Frühstück zu.

Sie war noch nicht weit gekommen, als sie das herzzerreißendste Klagen, das sie je gehört hatte, aus ihren Gedanken riss. Sie blieb stehen und sah sich nach dem Ursprung des Lautes um.

„Muuh."

Hörte sie wieder, gerade, als ihr Blick auf ein winziges, weißgesichtiges Kälbchen im Gras fiel. Es war offensichtlich in Not und versuchte verzweifelt, die anderen einzuholen. Das Muttertier ging aufgeregt hinter dem Kälbchen auf und ab. Lacy ging zum Zaun, unsicher, wie sie mit der Situation umgehen sollte, doch sie wusste, dass sie nicht einfach weitergehen konnte, ohne etwas zu tun. Die Kuh muhte mitleiderregend. Es war so ein hoffnungsloser Laut. Lacy kletterte zwischen dem Draht hindurch.

Sie hatte nicht die leiseste Idee, was sie tun sollte, doch sie war der einzige Mensch weit und breit. Sie konnte nicht einfach weitergehen.

Als sie näherkam, starrte das Muttertier sie ängstlich an. Sie verdrängte ihre eigene Angst und ging weiter auf die Weide. „Entspann dich, hübsche Mama. Ich will nur nachsehen, was mit deinem süßen Baby nicht stimmt. Sein Weinen tut mir im Herzen weh."

Als ob das Kälbchen sie zur Eile antreiben wollte, klagte es lauter, und die Kuh wurde nervöser und schwang ihren Kopf hin und her. Lacy war überrascht, wie winzig das Kälbchen aus der Nähe war. Sie wusste nicht viel über Kühe, doch dieses arme Baby konnte noch nicht alt sein, höchstens ein paar Tage, vielleicht sogar nur ein paar Stunden. Eines konnte sie jedoch sehen – es war furchtbar schwach. Sein Huf war zwischen zwei Baumstümpfen eingeklemmt, und es wimmelte von Ameisen, die auf ihm herumkrabbelten.

„Oh, du armes Baby", entfuhr es Lacy. Zeit war von größter Wichtigkeit. Jeder in Texas wusste, dass man sich nicht mit Feuerameisen anlegte. Sie würden das Kälbchen töten, wenn sie nicht schnell etwas unternahm. Schnell zog sie ihr Sweatshirt aus, froh, dass sie es heute übergezogen hatte, da sie etwas brauchte, womit sie die Ameisen von dem armen Baby wischen konnte. Als sie auf das Kälbchen zu ging, schnaubte das Muttertier und senkte den Kopf. Lacy hatte Bullenreiten im Fernsehen gesehen, und wenn ihr Eindruck sie nicht täuschte, musste sie das als Warnung interpretieren.

„Aber, aber, Mädchen. Ich versuche nur, deinem Baby zu helfen. Das Mindeste, was du tun kannst, ist mir eine Chance zu geben." Lacy behielt das Muttertier im Blick, nur für den Fall, dass sie losstürmen sollte, als sie sich dem klagenden Kälbchen näherte.

Sie verschwendete keine Zeit und begann, die Ameisen mit dem Pullover wegzuwischen. Das erschreckte das Kälbchen, das entsetzt aufschrie, und das Muttertier begann gereizt, mit den Füßen zu scharren. Lacy gefiel das Funkeln in ihren täuschend ruhigen Augen nicht und beeilte sich. Mama kam auf sie zu. Beunruhigt ergriff Lacy den Lauf des Kälbchens und befreite es, verlor dabei jedoch die Balance, und als sie rückwärts zu Boden fiel, landete das Kälbchen auf ihr.

Vorsichtig schob sie das kleine Tier von sich und stand auf. „Du bist ganz schön schwer", sagte sie, doch der leidende Blick des Kleinen gefiel ihr ganz und gar nicht. Sie bückte sich und kraulte das Kälbchen am Kopf, bevor sie ihm die letzten Ameisen vom Fell wischte.

Plötzlich hörte sie hinter sich ein wütendes Schnauben.

Lacys Herz pochte ihr bis zum Hals. Sie wirbelte herum und starrte dem wütenden Muttertier ins Gesicht. Das aufgebrachte Tier scharrte mit den Hufen und wedelte mit dem Kopf. Unbehaglich wich Lacy zurück und sah sich nach einem Fluchtweg um.

Dann stürmte das Muttertier los.

* * *

Clint trieb sein Pferd an, als er sich der Weide näherte. Es war ein ruhiger Morgen, der einen weiteren glühendheißen Julitag in Texas versprach. Die Hitze flirrte bereits, und er schwitzte. Einen Morgen wie diesen liebte er.

Doch man musste Respekt haben vor dem Sommer in Texas. Wenn man richtig ritt, hatte man keine Probleme, wenn man falsch ritt, musste man mit den Konsequenzen leben. Er hatte schon als Kind gelernt, dass man arbeitete, wenn der Tag noch jung war, sich Zeit ließ, wenn die Sonne hoch am Himmel stand, und die übrigen Arbeiten erledigte, wenn die Sonne gen Westen verschwand. An diesem Morgen suchte er nach einer hochträchtigen Färse, die jederzeit ihr Kälbchen zur Welt bringen konnte. Er wollte sie näher zum Haus bringen, damit er bei der Geburt helfen konnte, wenn es nötig sein sollte. Clint beobachtete gerne das Wunder der Geburt. Es brachte ihn zum Lächeln.

Und er lächelte nicht viel. Als er sich den Bäumen näherte, die die zwei Weiden voneinander trennten, horchte er auf, als ein Schrei die morgendliche Stille zerriss. Eine kurze Bewegung seiner Ferse reichte, und sein Pferd galoppierte gerade rechtzeitig durch die Kiefern, um eine zierliche Frau über seine Weide sprinten zu sehen, eine wütende Kuh direkt hinter ihr.

Eine Frau über sein Land rennen zu sehen, war nichts, was er oft sah. Doch als er erkannte, dass es Lacy Brown war, überraschte ihn das nicht. Nichts, was diese Frau tat, überraschte ihn. Sein Pferd sprang mit Leichtigkeit über den Zaun und nahm die Verfolgung der beiden auf. Wie Donner und Blitz waren sie dicht beieinander und rannten auf einen einsamen Baum in der Mitte der Weide zu. „Hinter den

51

Baum!" rief er, auch wenn er nicht glaubte, dass Lacy ihn in ihrer Angst hören würde.

Und dann, gerade als er befürchtete, dass die Kuh sie niedertrampeln würde, hechtete Lacy nach einem Ast und schwang sich mühelos hinauf.

Clint brachte das Pferd zum Stehen und konnte nicht fassen, was er gerade beobachtet hatte. Er schob seinen Hut zurück und kratzte sich an der Schläfe. Der Ast, den sie zu fassen bekommen hatte, war über zwei Meter vom Boden entfernt, und ihr Hechtsprung hatte wie der einer routinierten Akrobatin ausgesehen.

„Wow, das war knapp", keuchte sie außer Atem.

Während er sie fassungslos anstarrte, bog sie einen Zweig aus dem Weg und blickte auf ihn herab.

„Ich bin froh, dass Sie aufgetaucht sind", keuchte sie. „Ich dachte schon, ich bin erledigt. Können Sie irgendwas mit der Kuh machen?"

Clint schob seinen Hut weiter zurück. „Das hängt davon ab. Was machen *Sie* eigentlich bei Sonnenaufgang auf *meiner* Weide, Miss Brown?"

„Ihre Weide? Ich dachte, das Land gehört Norma Sues Boss." Sie machte große Augen und verlagerte das Gewicht.

„Ich bin Norma Sues Boss."

„Oh, du meine Güte! Dann sind Sie mein Vermieter."

„Ihr was?"

„Vermieter. Norma Sue hat uns das kleine Haus die Straße runter vermietet."

„Sie machen Witze, oder?" Ein ungutes Gefühl breitete sich in Clints Magen aus. Sein Sattel knarzte, als er das Gewicht verlagerte.

„Nein. In einer solchen Situation würde ich niemals Witze machen." Sie runzelte die Stirn und blickte zwischen ihm und der Kuh hin und her, die jetzt ruhig und zufrieden neben dem Baum stand. „Warum jagt diese Kuh Sie nicht?"

„Oh sie? Das ist Flossy. Sie würde keiner Fliege was zuleide tun."

„Ha! Sie hat mich fast zu Tode getrampelt."

„Sie hätten nur mit den Armen wedeln müssen." Ihr frustrierter Blick gab Clint ein seltsames Gefühl der Befriedigung, nachdem sie ihn vor ein paar Tagen so heruntergeputzt hatte.

„Unmöglich. Die Kuh wollte mein Blut."

„Nein." Er schüttelte den Kopf und genoss, wie aufgeregt sie immer noch war. „Ich versichere Ihnen, Sie können runterkommen."

„Oh nein. Die ist vollkommen durchgeknallt."

„Da redet der Topf über den Tiegel." Clint stieg von seinem Pferd ab und bezog unter ihr Position.

„Sie sagen das hoffentlich mit einem Lächeln im

Gesicht."

Seine Lippen zuckten. „Ein kleines, aber es ist da."

„Na, dann ist ja gut. Es würde mir gar nicht gefallen, aus diesem Baum zu fallen und ihnen eine verpassen zu müssen."

Clint nahm den Hut ab und fuhr sich durchs Haar. „Hat Ihre Mama Ihnen je gesagt, dass Sie schwierig sind?"

„Andauernd. Doch zum Grund, warum ich hier Kletteraffe gespielt habe–"

„Sie müssen nicht da oben bleiben. Flossy wird Ihnen nichts tun, und ich muss ihr Junges finden gehen."

„Ihr Junges! Das arme Ding ist von Ameisen attackiert worden." Sie fing an, sich von ihrem Ast herunterzulassen, hielt dann jedoch inne. „Sie sind sicher, dass Flossy sich nicht wieder auf mich stürzen wird?"

„Ganz sicher", seufzte Clint und breitete die Arme aus. „Kommen Sie runter. Ich helfe Ihnen."

„Nein, danke, ich komme schon klar."

Sie ließ sich herunter und landete direkt vor ihm. Sie trug schlichte graue Leggings und ein limonengrünes, ärmelloses Top. Sie hatte hübsche Arme, gebräunt und schlank. Selbst jetzt, nachdem sie von der Kuh über die Weide gejagt worden war, bot Lacy Brown einen netten Anblick.

Als Flossy schnaubte, sprang Lacy ihm in die Arme. Bevor er sich besinnen konnte, schlang er seine Arme um sie … natürlich nur, um sie zu beschützen. Sie passte in seine Arme, als wäre sie dafür geschaffen worden – ein überaus angenehmes Gefühl. Ihre fedrigen Haare kitzelten in seiner Nase und verführten ihn mit einem einladend-zitronigen Duft. Er liebte den Duft von Zitronen. „Komm schon", brummte er. Lacy blickte zu ihm auf und blinzelte. Ihre Augen waren trügerisch: sie wirkten beinahe unschuldig. Doch es fiel ihm schwer, das bei einem solchen Wirbelwind von einer Frau anzunehmen. Er ließ die Arme sinken und trat zurück. „Flossy wird Ihnen nichts tun." „Ich würde lieber zu Ihrer Linken gehen, nur um sicherzugehen." Schnell ging sie um ihn herum, um ihn zwischen sich und Flossy zu bringen.

Clint kämpfte gegen das Bedürfnis zu lächeln an.

„Das Kälbchen ist da drüben", sagte sie und ging los.

Cliff ging neben ihr her. Dieser feuerspeiende Drache hatte tatsächlich ein weiches Herz.

Sie joggte ein Stück, bis sie das Kälbchen sah. „Es hat furchtbar geschrien, als ich den Weg runtergekommen bin. Hat mir einen Riesenschreck eingejagt. Ich wusste nicht, dass etwas so Kleines solche Laute ausstoßen kann. Es war herzzerreißend. Ich hätte nicht ertragen können, wenn ihm was passiert wäre."

Sie erreichten das winzige Kälbchen, und Clint ging auf die Knie. Lacy ließ sich neben ihm nieder und zog vorsichtig den Kopf des Kleinen auf seinen Schoß. Er regte sich nicht und atmete schwer.

„Sagen Sie mir, dass alles gut wird."

Das Kälbchen war von Ameisenbissen übersäht, doch Clint hatte schon Schlimmeres gesehen. Er konnte jedoch sehen, dass die Ameisen das Kälbchen getötet hätten, hätte Lacy nicht interveniert. „Er wird es überleben. Dank Ihnen. Ich bin Ihnen was schuldig."

Lacy nickte nur, und als sie zu ihm aufblickte, waren Tränen in ihren Augen.

Nein, nicht Tränen. Er hob das Kälbchen hoch und bemühte sich, das Pochen seines eigenen Herzens zu ignorieren. Lacy stand ebenfalls auf, dann ging sie ein paar Schritte, um einen roten Sweater aufzuheben.

„Haben Sie damit die Ameisen von ihm gewischt?"

Sie nickte, und nachdem sie den Pullover nach Ameisen abgesucht hatte, zog sie ihn über den Kopf und schob die Ärmel hoch.

„Da haben Sie wirklich gut reagiert. Danke

nochmal", sagte er.

Sie kehrte zu ihm zurück und streichelte sanft die weiß gelockte Stirn des schwachen Kälbchens. „Gern geschehen. Ich hätte es unmöglich sterben lassen können." Der Wind wehte ihre blassblonden Haare ins Gesicht, und ein weiterer verrückter Impuls überkam Clint. Plötzlich wollte er ihr die fedrigen Haare hinter die Ohren streichen und ihr die Sorgenfalten zwischen den Augenbrauen wegküssen. *Whoa, Clint ... was für ein masochistischer Narr du doch bist!* Was glaubte er, mit einer Frau wie Lacy Brown anfangen zu können? Sie war die Sorte Frau, die einen Mann in die Knie zwingen konnte. Wild, unberechenbar – und wenn er dann nicht mehr klar denken konnte, wäre sie eine von der Sorte, die verschwinden würde – ohne sich auch nur ein einziges Mal umzusehen.

„Das Kälbchen wird schon wieder", sagte er und versuchte zu ignorieren, wie niedlich ihre ratlose Miene war.

„Habe ich was Falsches gesagt?"

„Nein."

Sie ließ die Hand sinken und trat einen Schritt zurück. „Sind Sie sicher? Sie sehen aus, als hätten Sie gerade in eine Zitrone gebissen."

Eine Zitrone – „Alles ist gut. Ich muss nur los, das ist alles."

„Kann ich helfen?"

„Nein!"

Sie zog ihre Augenbrauen hoch. „Da stimmt doch was nicht. Das Kälbchen ist kranker, als Sie zugeben." Sie trat näher. Ihre nackten Unterarme streiften seine, und er erstarrte. Schweiß trat auf seine Stirn, als sie ihren Blick hob. Lacy Browns Augen waren bodenlose, saphirblaue Seen. Sie erinnerten ihn an Fotos des blauen Wassers vor der Küste von Mexico, die er in einer Broschüre gesehen hatte. Darunter hatte gestanden, dass man in dem kristallklaren Wasser zehn Meter tief sehen konnte.

Das war jedoch kein Vergleich zu der Tiefe von Lacys Augen. „Clint, wird das Kälbchen sterben?"

„Nein–"

„Dann komme ich später vorbei, um nach ihm zu sehen."

„Das ist nicht nötig."

„Doch, das ist es." Sie bewegte sich in Richtung Zaun, blieb dann jedoch stehen. „Flossy wird mich nicht niedertrampeln, oder?"

„Sie bleibt hier bei ihrem Kälbchen. Gehen Sie ruhig weiter." *Bitte.*

„Wenn Sie das sagen." Sie warf der Kuh einen argwöhnischen Blick zu, dann ging sie in Richtung Straße.

„Das alles tut mir leid!", rief er ihr unüberlegterweise hinterher. Er beobachtete ihre Bewegungen und ihm gefiel, was er sah. Es gefiel ihm viel zu sehr.

„Kein Problem", rief sie über ihre Schulter. „All die Jahre Sportgymnastik mussten sich ja irgendwann mal auszahlen." Nachdem sie durch den Zaun geklettert war, blieb sie stehen. „Bis später dann, Nachbar!", rief sie und winkte ihm zu.

Er konnte sich nicht bewegen und blickte ihr hinterher, bis sie hinter der Kuppe verschwand. Erst, nachdem sie verschwunden war, atmete er tief aus.

„Nicht, wenn ich dich zuerst sehe", murmelte er. Was konnte diesen Augen ein bisschen Spaß bereiten? Diese Frage traf Lacy wie ein Vorschlaghammer. *Oh nein. Das wirst du nicht,* dachte sie, riss sich aus ihren verrückten Tagträumen über Clint Matlock und konzentrierte sich aufs Fahren. Sheri und sie waren auf dem Weg in den Ort, um am Salon zu arbeiten.

„Dann hat er dich mit seinem Pferd gerettet."

„Nein, Sheri."

„Wie romantisch", seufzte Sheri und ignorierte Lacys Bemerkung.

„Da war überhaupt nichts Romantisches dran. Ich wäre fast von einer durchgeknallten Kuh niedergetrampelt worden."

„Du weißt selbst, dass es dir gefallen hat."

„Nein, die verrückte Kuh hat mir nicht gefallen."

„Du weißt sehr wohl, dass ich von Clint Matlock mit seinen traumhaften dunklen Augen rede."

Das war's. „Sheri, du weißt, dass ich nicht hier bin, um einen Typen abzuschleppen."

„Und warum nicht?", Sheri sah Lacy fragend an.

„Weil ich keine Zeit dafür habe. Das ist nicht Teil des Plans."

„Das ist eine Ausrede, und das weißt du auch, Lacy Brown. Da draußen gibt es jemanden für dich, und du kannst dir nicht die Zeit und den Ort aussuchen, an dem du ihm über den Weg läufst."

„Glaub mir, Sheri, das weiß ich. Aber Clint Matlock ist nicht dieser Mann für mich. Denn wenn dem so wäre, würden wir nie Frieden finden. Wir würden uns andauernd streiten. Und abgesehen davon bin ich nicht soweit."

Sheri seufzte und entspannte sich auf ihrem Sitz. „Und wann wirst du soweit sein? Das mit Dillon ist jetzt schon ein Jahr her."

Dillon. Lacy versuchte, nicht an ihn zu denken. Seit sie sich von Dillon getrennt hatte, war es besser geworden, doch es tat immer noch weh, an seine Lügen zu denken. Und dass er drei Monate später geheiratet hatte, hatte sie geschockt und verletzt. Es hatte ihrem Ego wehgetan, dass er so schnell über sie hinweg war. „Ich weiß nicht, wann ich soweit sein werde, Sheri. Ich weiß nur, dass ich es jetzt nicht bin."

Lacy hatte drei Dinge sofort gelernt: das Diner hatte fantastisches Essen, die Jukebox spielte wirklich nur „Great Balls of Fire", und wenn jemand hier irgendwelche Pläne schmieden wollte, tat man das bei Kaffee und Kuchen in Sams Diner.

„Norma Sue, du musst was wegen dieser Jukebox unternehmen", gackerte Esther Mae, als sie gegenüber von Lacy in die Sitznische rutschte.

Lacy betrachtete Esthers Haare und fragte sich, wie der Turm nicht von ihrem Kopf rutschen konnte. Sie überlegte, ob es nicht vielleicht eine Perücke war, doch dann, nach genauerem Hinsehen, kam sie zu dem Schluss, dass der gigantische Bienenkorb tatsächlich aus Esther Maes echten Haaren bestand.

„Jetzt mach mal halblang, Esther", blaffte Norma. „Du weißt, dass ich kleine Küchengeräte reparieren kann." Sie nickte in Richtung Jukebox. „Aber sieht das Ding da aus wie ein Toaster?"

„Ich verstehe nicht, dass du einen Toaster reparieren aber nicht herausfinden kannst, warum dieses verflixte Ding nur ein Lied spielt."

„Esther Mae", mischte sich Adela ruhig ein. „Norma Sue hat gesagt, dass sie die Jukebox nicht reparieren kann, und wenn sie sagt, dass sie es nicht kann, dann kann sie es nicht. Du musst einfach die Musik ignorieren."

„Ignorieren. Du meine Güte!", krähte Esther über Jerry Lee hinweg. „Ist ein bisschen schwer, das zu ignorieren!"

„Tut mir leid, Esther Mae", lachte Lacy. „Ich musste einfach einen Nickel einwerfen. Ich liebe diese Jukebox."

Norma Sue warf einen Blick in Richtung des Geräts, als hätte es sie persönlich herausgefordert. „Sam, ich komme morgen vorbei und sehe mir das Ding an. Wenn mehr neue Leute in den Ort kommen, wollen die bestimmt auch, dass die Jukebox spielt. Darum muss sie funktionieren, oder sie treibt uns noch alle in den Wahnsinn."

Lacy bemerkte Adelas Lächeln. Die zierliche alte Dame wusste genau, wie man ein Problem aus der Welt schaffte. „Danke, Norm. Ich weiß deine Hilfe zu schätzen. Und wenn du schonmal da bist, ich habe einen Toaster hinten, der repariert werden muss."

„Ja, ja", nickte Norma Sue. „Was ist das mit den Toastern?", fragte Sheri, die mit zwei Zuckerpäckchen spielte.

Lacy hätte auch gefragt, hätte sie Sam nicht aufmerksam beobachtet.

Alle hielten inne, als er eine Porzellantasse mit Kaffee und Sahne vor Adela abstellte und dann ihre Bestellungen aufnahm. Lacy fand es interessant, dass Adela keinen Kaffee bestellt hatte, und es war auch interessant, dass sie anstatt der üblichen Keramikhumpen, aus denen alle anderen tranken, eine zierliche Porzellantasse bekommen hatte. Genauso interessant wie das Rot, das Sams Gesicht annahm, als Adela zu ihm auflächelte und sich bedankte. Und auch, wenn Lacy die Szene für bemerkenswert gehalten hatte, schien niemand sonst überrascht zu sein, als sie Sam ihre Bestellungen gaben.

Sobald er gegangen war, stützte Sheri ihre Ellenbogen auf den Tisch und sagte: „Jetzt erzähl schon von den Toastern."

Norma seufzte. „Das ist eine lange, langweilige Geschichte. Aber ich fasse mich kurz. Ich kann Sachen reparieren und darum habe ich nie Ruhe."

„Dann sind Sie der Daniel Düsentrieb des Ortes?", fragte Sheri.

„Eher Daniela Düsentrieb", schnaubte Norma. „Zu meinem Unglück kann ich so ziemlich alles reparieren, solange es nicht komplizierter als ein Toaster ist."

„Einmal", meldete sich Esther Mae zu Wort,

„wollte so ein Typ sie heiraten, weil er dachte, sie könnte seine Traktoren reparieren. Norma Sue hat ihm ganz schnell den Kopf zurechtgerückt. Sie war so wütend, dass sie bei allen dreien seiner Traktoren die Motoren zerlegt hat. Als sie fertig war, lagen überall Teile herum."

„Ha! Perfekt, Norma!", sagte Lucy, nahm die Cola, die Sam ihr reichte, und salutierte Norma.

Alle stießen auf Norma an. „Jetzt weiß ich ja, an wen ich mich wenden kann, wenn irgendwas in meinem Salon kaputtgeht. Doch versprich mir, dass du mir sagst, ob es sich reparieren lässt, bevor du es ganz zerlegst. Oder falls ich dich irgendwie verärgert haben sollte."

Adela rieb sich die Nase, um ihren Mund zu verbergen, als Sam anfing zu lachen. „Ja, der arme Artie Holboney hat die Traktoren danach nie wieder zum Laufen bekommen und hat eine Frau geheiratet, die einen Schrottplatz betreibt."

„Oh Sam", schmunzelte Adela und versetzte ihm einen Stoß gegen den Arm. „Das hat er nicht getan."

Sam starrte ihre Hand auf seinem Arm an und strahlte wie ein Honigkuchenpferd.

Lacy betrachtete Adelas zart gerötete Wangen, als ihr bewusst wurde, was Sam anstarrte. Schnell ließ Adela jedoch beide Hände wieder auf ihren Schoß sinken. Lacy fand die Aussicht einer erblühenden Romanze zwischen diesen beiden so netten Menschen extrem motivierend.

„Okay, Mädels. Ich denke, wir sollten uns an die Arbeit machen", sagte sie. „Lasst uns darüber reden, wie wir Frauen dazu bewegen können, nach Mule Hollow zu kommen. Ihr müsst Pläne haben, wollt ihr mir davon erzählen?"

„Also", begann Esther Mae mit ihrer hohen, ein wenig zu schrillen Stimme. „Es gibt einen Haufen lediger Lehrerinnen, die an der Gemeindeschule, die wir uns mit ein paar anderen kleinen Ortschaften teilen, unterrichten."

„Ja", fügte Norma Sue hinzu. „Wir haben einen Schulbus, der die paar Kinder, die hier leben, zu einer Schule bringt, die zwanzig Meilen entfernt liegt. Die Lehrer haben eine längere Anfahrt, denn die meisten von ihnen wohnen in Ranger, weil es ihnen einfach mehr zu bieten hat."

Esther Mae nickte zustimmend. Lacy beobachtete, wie ihr Haarturm von ihrem Kopf zu rutschen drohte.

„Dort haben sie Sachen, die wir ihnen hier nicht bieten können", erklärte Esther. „Wie Schönheitssalons und Klamottenläden. Und *Aerodynamic* Fitnesscenter!"

„Du meinst Aerobic", korrigierte Norma Sue sie

kopfschüttelnd. „Ae-ro-bic. Himmel Herrgott noch einmal. Das sind keine Flugzeuge."

„Wie auch immer", fuhr Esther Mae fort. „Wo war ich stehengeblieben, bevor ich so unhöflich unterbrochen worden bin? Oh ja. Wir renovieren das alte Howard-Haus gegenüber und machen ein Wohnhaus mit Apartments draus. Unsere Adela hat das Geld dazu und tut das zum Wohle des Ortes. Außerdem haben wir uns überlegt, einen Jahrmarkt zu veranstalten. Du weißt schon, einen Straßenjahrmarkt, wie wir ihn vor Jahren hatten."

„Ja, als wir noch im heiratsfähigen Alter waren, hatten wir diese Jahrmärkte noch", fügte Norma Sue hinzu. „Meinen Roy Don bin ich auf so einem begegnet. Er konnte Heuballen schneller als jeder andere stapeln. Ich habe ihn geküsst, als ich ihm seinen Preis überreicht habe. Oh Junge, dieser Kuss hat ein ganzes Leben voller Liebe mit sich gebracht und war so schön, dass mir immer noch die Tränen in die Augen steigen, wenn ich daran denke."

„Norma Sue", seufzte Esther Mae. „Hank Wilcox ist auch nicht von schlechten Eltern."

„Meine Damen", rief Adela sie sanft zur Ordnung. „Wir sind nicht hier, um die Qualitäten eurer geliebten Männer zu diskutieren, auch wenn ich mir sicher bin, dass sie ganz wunderbar sind. Wir sind hier, um dafür zu sorgen, dass sich auch der Rest der Welt verliebt."

„Natürlich sind wir das", stimmte Esther Mae zu und lächelte Lacy an. „Lacy, hast du irgendwelche Vorschläge?"

Sie hatte sich bisher großartig amüsiert, und jetzt beugte sie sich verschwörerisch vor – bereit, ihre Ideen mit den anderen Frauen zu teilen. „Ich dachte schon, ihr würdet nie fragen."

KAPITEL VIER

„Weiber! Clint, ich weiß nicht, was wir tun sollen", brummte Roy Don und zupfte an seinem grauen Schnurrbart. Er ging mit klirrenden Sporen in Clints Büro auf und ab. „Ich weiß es einfach nicht."

Es war wieder mal eine lange Nacht für Clint gewesen, nachdem er auf der Nordweide nach Viehdieben auf der Lauer gelegen hatte. Roy Dons Aufregung nach zu urteilen, würde dieser Tag noch länger werden, dabei war es gerade einmal Vormittag. Schon kurz nach Sonnenaufgang war es brütend heiß gewesen, und er war verschwitzt und stinkend aus seinem Versteck gekrochen und hatte sich nur eine kalte Dusche, frisch gebrühten Kaffee und einen positiven Bericht von seinen Männern, die an strategischen Stellen der Ranch auf der Lauer gelegen hatten, erhofft. Was er bekommen hatte war Roy Don, der nervös in seinem Büro auf und ab ging.

„Versteh mich jetzt nicht falsch", sagte er. „Ich könnte nicht ohne meine Norma Sue leben, aber Clint … diese Schnapsidee, die sie da haben … ist vollkommen außer Kontrolle."

„Entspann dich, Roy Don. Für dich und Norma Sue wird bald alles wieder ruhiger. Und ich nehme mal an, wenn überhaupt Frauen auf die Anzeige hin kommen, dann nur ein paar. Wenn mehr aufkreuzen…" Er zuckte mit den Schultern. „Wer weiß – vielleicht *ist* das der perfekte Weg, Mule Hollow neues Leben einzuhauchen." Clint kratzte sich an der Brust und ging in Richtung Tür, um duschen zu gehen.

„Aber, Junge, du verstehst das nicht. Das ist ja, was ich versucht habe, dir zu sagen. Du bist drei Tage nicht im Ort gewesen. Du hast nicht gesehen, was ich heute Morgen gesehen habe."

Seit er Lacy auf seiner Weide gefunden hatte, war er tatsächlich nicht mehr im Ort gewesen. Er war unter anderem mit Viehdieben beschäftigt gewesen. Es hatte absolut nichts mit ihr zu tun. „Roy Don, hast du mir nicht noch vor ein paar Tagen gesagt, dass es amüsant sein könnte, sie hierzuhaben?"

Der ältere Mann blieb stehen. „Das war *vorher*. Bevor sie ihre verrückten Ideen hatte."

Clint rieb sich den Stoppelbart. Er war müde und wollte nicht nur eine Dusche, er *brauchte* eine. Doch seine Neugier gewann die Überhand. „Was hat sie angestellt? Erzähl."

Roy Don schüttelte den Kopf. „Ich kann nicht. Das lässt sich nicht in Worte fassen. Aber ... der Ort wird nie ... ich meine, er wird nie wieder so sein wie früher."

„Mann, was ist denn in dich gefahren? Viehdiebe gehen dir nicht so unter die Haut wie das hier."

„Alles, was ich sagen kann, ist, fahr in den Ort, Clint. Schau es dir selbst an. Sam und Pete haben versucht, Hank Wilcox und mich dazu zu bringen, mit Esther Mae und Norma Sue zu reden. Sie wollen, dass wir sie dazu bringen, *sie* davon zu überzeugen, nicht zu bleiben! Aber Hank und ich dachten, dass die verrückten Weiber von selbst wieder zu Verstand kommen und es ihr ausreden würden." Er holte tief Luft und blickte ihn an, als wäre sein bester Freund gestorben. „Wir haben uns getäuscht. Oh, wie haben wir uns getäuscht."

Plötzlich begann Clint, sich Sorgen zu machen. „Roy Don, sag mir, was diese Frau getan hat. Sofort."

„Nein. Ich habe deswegen fast einen Unfall gebaut. Sohn, du musst die volle Wirkung sehen." Er klopfte sich mit dem Hut gegen den Oberschenkel, drehte sich um und ging zur Tür. „Es ist nicht richtig, Clint", sagte er und schüttelte müde den Kopf. „Es ist einfach nicht richtig."

Das reichte. Clint nahm seinen Hut vom Hutregal, und Sekunden später raste er mit seinem Truck die Straße hinunter. Was ihn erwarten würde, wusste er nicht. Roy Don war der sanftmütigste Mann, den er kannte. Wenn es ihn aus der Bahn warf, fragte er sich wirklich, was Lacy Brown angestellt hatte. Was könnte so furchtbar sein, dass es Roy Don so sehr aufregte? Eine Vierteilmeile vor dem Ortseingang von Mule Hollow wäre er beinahe in den Straßengraben gefahren, als er die Umrisse des Ortes am Horizont erblickte. Oh Gott, nein, das konnte nicht sein! Clint blinzelte in die Ferne.

Doch alles Blinzeln half nichts. Sie malte ihr zweistöckiges, holzbeplanktes Haus pink an.

Und nicht irgendein Pink. *Neonpink.* Fluoreszierend wie die Farbe, die man benutzt, um Treppen zu markieren, damit sich niemand den Hals brach. Doch, ha! Genau das Gegenteil war hier der Fall. Er konnte sich schon die Auffahrunfälle vorstellen. Die gebrochenen Knochen. Die Witze. Roy Don hatte Recht gehabt. Das konnte nicht so bleiben.

Was hatte sich diese Frau nur dabei gedacht?

Bald brachte er seinen Truck mit quietschenden

Reifen vor dem Schandfleck zum Stehen, sprang heraus und polterte: „Was zum Henker glauben Sie, was Sie da tun?" Von der Leiter aus starrte sie ihn an. Er war bereit für den Krieg, doch er hatte ein ungutes Gefühl, als sein Blick an ein paar ausgebleichten abgeschnittenen Jeans hängenblieb.

„*Pretty in Pink*."

Lacys amüsierte Stimme brach durch den Nebel. „Was?", brachte er heraus. Er schob seinen Stetson aus der Stirn und sah, dass sie ihn strahlend anlächelte. Sie war schön.

„*Pretty in Pink* ist der Name der Farbe. Gefällt sie Ihnen?"

Ob sie ihm gefiel? Clint versuchte vergeblich, sich auf ihre Worte zu konzentrieren. Blass wie der Vollmond lugten ihre Haare unter ihrer leuchtendgelben Baseballmütze hervor, auf deren Front ‚Bad Hair Day' stand. Und das stimmte wahrscheinlich, doch tat das etwas gegen den Drang, ihr die Mütze vom Kopf zu ziehen?

Er atmete tief durch, wütend auf sich selbst. „Es macht Ihnen Spaß, sich zur Schau zu stellen, nicht wahr?"

„Was soll das heißen?" Sie starrte weiter auf ihn herab.

„Was mich angeht heißt das, dass eine Frau viel zu

viel Haut zeigt und quasi darum bettelt, dass man sie anglotzt." *Was tust du da, Mann?*

Sie stemmte ihre Hand samt Pinsel in ihre Hüfte und spritzte grellrosa Farbe auf ihn.

„Hey, passen Sie auf."

„Darf ich Sie darauf hinweisen, dass es fast vierzig Grad im Schatten sind? Wenn ein Mann hier streichen würde, würde er das oben ohne tun. Wie ich Ihnen schon neulich gesagt habe, scheinen Sie ein chauvinistischer Snob zu sein."

„Das bin ich nicht", sagte er und klatschte die Hand neben die Leiter.

„Hey, passen Sie auf!", schalt sie ihn, als die Leiter verrutschte. „Es liegt mir fern, ihre Fantasie zu ruinieren, auch wenn Sie der Wahrheit nicht ins Gesicht blicken können."

Clint versteifte sich. „Sieh an, wer da spricht – eine Frau, die ihr Geschäftshaus in der Farbe von … Lippenstift anpinselt!"

„Es ist nun einmal bekannt, dass laute Farben Aufmerksamkeit erregen."

„Und was für eine Art von Aufmerksamkeit? Das ist alles, was ich frage. Ich dachte, Sie wären hier, um Haare einzurollen. Aber so sieht es aus, als würden sich stattdessen die Fußnägel von ein paar der Jungs hier hochrollen."

„Clint Matlock. Das Pink habe ich ausgewählt, damit jeder meinen Salon sofort sieht. Und so kommt man ins Gespräch. Bekommt ein bisschen Aufmerksamkeit."

„Das habe ich ja gesagt." Clint blickte die Straße hinunter. Alle, die im Ort unterwegs waren – so wenige es auch zu dieser Tageszeit waren, standen entweder an einer Straßenecke und glotzten oder spähten aus einem Schaufenster. Auf der anderen Straßenseite im Futterladen lehnten ein paar Jungs an der Verandabrüstung und genossen die Show. Er fragte sich, warum keiner von ihnen seine Hilfe angeboten hatte. Doch andererseits – warum sollte er sich einmischen? Der Plan, den sich die Frauen ausgedacht hatten, würde nicht funktionieren. Plötzlich plagte ihn ein schlechtes Gewissen. Auch wenn sie es auf eine seltsame Art tat, versuchte sie, all den Männern hier zu helfen.

In sanfterem Ton fuhr er fort. „Wie lange arbeiten Sie schon?"

Sie wandte sich wieder dem Streichen zu und wiegte ihre Hüften im Rhythmus ihres Pinselstrichs.

„Seit Sonnenaufgang."

„Fünf Stunden."

„Jupp." Sie streckte sich so hoch sie konnte, doch die letzten eineinhalb Meter konnte sie einfach nicht erreichen.

„Dann ist Zeit für eine Pause."

„Was?" Sie wandte sich ihm zu und blickte ihm in die Augen.

„Ich sagte, es ist Zeit, dass Sie von Ihrer Bühne runterklettern und ihren Hintern eine Weile in den Schatten bewegen. Sonst holen Sie sich noch einen Sonnenstich da oben."

Große, unschuldige blaue Auge blinzelten ihn an. „Ich habe ein Haus fertigzustreichen."

„Lacy." Clint klatschte mit der Hand auf eine Sprosse der Leiter, um ihre Aufmerksamkeit auf sich zu ziehen. Sie musste raus aus der Sonne, bevor sie noch einen Hitzschlag bekam. Doch in seiner Verärgerung schlug er zu hart zu, und die Leiter geriet ins Rutschen.

„Oh!", quietschte sie.

„Ohhhh-ohhh!"

Er konnte nicht fassen, was er da getan hatte, und versuchte verzweifelt, die Leiter am Umkippen zu hindern. Er griff nach den Sprossen, verfehlte sie und packte stattdessen Lacys Knöchel.

Als die Leiter sich um die eigene Achse drehte, klammerte sie sich fest und kreischte, als sie sah, dass Clint zu ihrem gefährlich wackelnden Farbeimer emporblickte. Sie sah ihm an, dass er wusste, dass er in

Schwierigkeiten steckte, doch er hielt die Leiter fest. Er hatte Lacy da reingeritten und würde sie da auch wieder rausholen. Einen Moment lang schien es, als wäre die Zeit stehengeblieben. Im einen Moment klammerte sie sich an die Leiter, den Eimer gefährlich vor sich balancierend, und im nächsten fiel sie ihm in die Arme. Dummerweise *nachdem* der Eimer ihn getroffen hatte.

Ihre Augen waren weit aufgerissen. Sie keuchte, und einen kurzen Moment lang verschwand ihre kesse Fassade und ließ sie beinahe verletzlich wirken. Clint empfand einen genauso überraschenden wie überwältigenden Drang, sie zu beschützen, wie sie das hilflose Kälbchen beschützt hatte.

Sie blinzelte, kniff die Augen zusammen, und die hilflose Aura verschwand. „Liegt es an mir, oder attackieren Sie alle neuen Einwohner von Mule Hollow so?"

Und er hatte sie für *hilflos* gehalten. „Wer attackiert hier wen?", fragte er. „Ich bin derjenige, dem quietschrosa Farbe von den Augenbrauen tropft."

Ihre Unterlippe bebte. „Und ich muss sagen, die Farbe steht Ihnen ausgezeichnet. Doch wenn Sie nicht nach der Leiter geschlagen hätte, würde ich immer noch streichen, und Sie wären trocken."

Mit finsterer Miene stellte er sie auf ihre Füße,

machte auf dem Absatz kehrt und ging zu seinem Truck.

„Genau das meine ich!", rief sie ihm hinterher.

Er warf einen Blick über seine Schulter. Sie stand lächelnd da, die Hände in die Hüfte gestemmt und sah viel besser aus als er in diesem Moment.

„Hitziges Temperament", bemerkte sie.

„Ich hätte sie fallenlassen sollen", brummte er, dann kletterte er in seinen Truck und fuhr davon.

Lacy blickte Clints Truck hinterher, der durch die flirrende Hitze verschwand. Dieser Mann ging ihr wirklich unter die Haut. Und sie meinte *wirklich*. Sie hatte Gänsehaut, wenn sie daran dachte, wie sie sich gefühlt hatte, als er sie in seinen Armen gehalten hatte. Zweimal schon, und beide Male hatte es ihr gefallen – nicht, dass sie es gewollt hätte.

„Gib's zu, er macht dir weiche Knie", sagte Sheri, als sie neben sie trat.

Lacy verzog das Gesicht.

„Schau mich nicht so an. Du weißt selbst, dass du unter deiner hyperaktiven Schale nicht tot bist. Clint Matlock ist verlockend. Gib's zu."

Lacy konnte ein Lächeln nicht verbergen. „Okay, der Typ ist … interessant."

„Ha! Interessant. Lacy Brown, du weißt so gut wie ich, dass sie Clint Matlock als Muster nehmen würden, wenn man männliche Anziehungskraft kopieren und verkaufen könnte."

„Sheri, so langsam habe ich das Gefühl, dass du auf ihn stehst."

„Ich bin nicht diejenige, die den Blick nicht von ihm losreißen kann."

Lacy drehte sich um und ging in die Gasse neben dem Haus, wo ein Wasserschlauch an einen Hydranten angeschlossen war. Natürlich gefiel ihr, was sie sah. Und sie war neugierig und wollte wissen, warum dieser Mann so kontrollsüchtig war. Hatte es etwas damit zu tun, dass seine Mom mit dem Zirkus durchgebrannt war? Und hatte er je den Schmerz der Zurückweisung überwunden, den das in einem Kind auslösen musste? Und wie war es um seinen Glauben bestellt?

Sie verdrängte alte, nur zu bekannte Gefühle des Verrats, die sich in ihr breitmachen wollten. Sie hatte mit ihren eigenen Gefühlen fertig werden müssen, als ihr Vater ihre Mutter und sie verlassen hatte. Nur dank ihres Glaubens war sie in der Lage gewesen, ihrem Vater zu vergeben, doch manchmal schlich sich trotzdem der Schmerz zurück und sie fragte sich, warum er es getan hatte. Sie war auch nur ein Mensch, und im Stich gelassen zu werden hinterließ Narben.

„Schluss damit, Sheri. Jetzt ist nicht die rechte Zeit. Ich will nicht darüber nachdenken."

Sheri lehnte an der Wand und beobachtete sie, während Lacy das Wasser aufdrehte.

„Wann *ist* dann eine gute Zeit dafür?"

„Wenn ich es sage."

„Lucy, Dillon war ein Idiot. Ich würde andere Worte benutzen, doch meine Mama hat mir Manieren beigebracht."

„Hier geht es nicht um Dillon oder um meinen Vater. Wie oft müssen wir das noch diskutieren? Hier geht es darum, dass ich etwas im Leben anderer bewirken will. Es geht darum, dass ich lerne, meine Impulsivität zu kontrollieren. Davon abgesehen waren Dillon und ich einfach nicht richtig füreinander, und es war gut, dass ich das begriffen habe." Lacy verstummte, als Sheri mit dem Kopf schüttelte, dann schob sie jedoch trotzig das Kinn vor. Warum musste Sheri darauf herumreiten? „Ich weiß, dass er mich getäuscht–"

„Dich getäuscht hat! Lacy, der Typ hat dich belogen und betrogen!"

Widerwillig ließ Lacy die schmerzliche Erinnerung zu, dann verdrängte sie sie. „Das ist wahr, aber ich bin dankbar, dass aus uns nichts geworden ist.

Ich bin froh, dass wir jetzt dieses große Abenteuer angehen. Wirklich, das bin ich." Als sie die Planken des Gehwegs erfolgreich von der Farbe befreit hatte, stellte sie das Wasser ab. „Ich bin von ganzem Herzen davon überzeugt, dass das der Ort ist, an dem ich sein und ein Geschäft aufbauen soll, wo ich anderen dabei helfen kann, die Liebe zu finden. Und mein Ziel ist nicht – ich wiederhole – *nicht*, einen Mann für mich zu finden!"

„Das ist ja alles gut und schön, Lacy, aber wie ich dir schon mehrmals gesagt habe, du kannst dir die Zeit und den Ort, an dem du dich verliebst, nicht aussuchen. Ich glaube einfach nicht, dass du gegen diese offensichtliche Chemie zwischen dir und Clint ankämpfen solltest. Er könnte der *Eine* für dich sein."

Lacy seufzte und zählte bis zehn. Was sollte sie nur mit Sheri machen? „Okay, lass es uns anders angehen. Bitte sag mir, wie du darauf kommst. Wenn du darüber nachdenkst, dürfte dir bewusst werden, dass Clint und ich nicht mehr als sechs zivilisierte Sätze ausgetauscht haben. Das ist wohl kaum eine Basis für eine Beziehung."

Sheri lächelte. „Manchmal können die Leute um dich herum sehen, was du nicht sehen willst. Und glaub mir, ich sehe reichlich."

Lacy nahm ihre Baseballmütze ab und fuhr sich

mit der Hand durch die Locken. „Ich weiß nicht einmal, ob Clint gläubig ist. Glaub mir, ich werde keine Fehler mehr machen, Sheri."

Sheri nickte. „Ich verstehe es, wirklich. Aber ich wette, dass Clint deinen Anforderungen gerecht sein dürfte."

„Und das wäre wunderbar. Doch jetzt heißt es zurück an die Arbeit. Siehst du, wie viel ich noch zu streichen habe?"

Roy Don kam aus dem Büro, als Clint steifen Schrittes auf das Haus zu kam. Da die Farbe an Stellen zu trocknen begann, die er lieber nicht mit einer Stahlbürste schrubben wollte, blieb Clint nicht stehen, um irgendwelche Erklärungen abzugeben, sondern hob lediglich die Hand.

„Sag nichts. Nicht ein Wort. Ist keine schöne Geschichte. Du kannst einen der Jungs rufen, damit er den Fahrersitz in meinem Truck saubermacht."

Roy Don war intelligent genug, sich das Lächeln zu verkneifen. „Schon so gut wie erledigt."

Clint stapfte zum Haus und riss die Hintertür auf. Endlich würde er die Dusche bekommen, von der er die ganze Nacht geträumt hatte, als er wegen der Viehdiebe auf der Lauer gelegen hatte, doch jetzt würde er sie nicht einmal genießen können, da er diese grässliche Farbe irgendwie loswerden musste.

Zwanzig Minuten später hatte er sich beinahe wund geschrubbt, und seine Haut war mindestens genauso pink wie jede Farbe, die Lacy Brown mischen konnte. Clint stand vor dem Spiegel im Badezimmer und betrachtete gereizt seine Haare. Er hatte sich bereits Jeans und ein dunkelblaues Polohemd angezogen, *bevor* er einen Blick in den Spiegel geworfen hatte, und sah erst jetzt, dass er nicht alle Farbe ausgewaschen hatte.

Dank Lacy Brown hatte er jetzt auch noch pinkfarbene Haare!

Er sah aus wie der Leadgitarrist einer dieser Punkrockbands. Er seufzte, stützte die Hände aufs Waschbecken und starrte in den Spiegel. Er wusste nicht, was er tun sollte. Wenn auch nur einer seiner Ranchhelfer ihn so sah, würden sie ihm das wochenlang unter die Nase reiben. Texanische Cowboys waren erbarmungslos schadenfroh. Und wenn dann auch noch der Boss betroffen war, dann konnte er mit dem Zehnfachen des üblichen Gelästers rechnen. Pinkfarbene Haare! Ihm wäre nie im Traum eingefallen, dass ihm jemals so etwas passieren könnte. Doch so gesehen war seit Lacys Ankunft im Ort vieles passiert, was ihm nie im Traum eingefallen wäre. Aber das hier – er musste einen Weg finden, die Farbe loszuwerden. Und zwar schnell.

Lacy würde wissen wie, doch er würde sie nicht fragen. Nicht, nachdem er sie so behandelt hatte. *Ja, wie hast du sie behandelt, Mann?* Er verteilte Rasierschaum in seinem Gesicht und wischte sich die Hände an einem Handtuch ab. Sie war in den Ort gekommen, um ein Geschäft zu eröffnen und – zumindest glaubte sie das in ihrem verdrehten Verstand – dem Ort zu helfen. Sie hatte vielleicht ihre eigenen Gründe, warum sie hier war, doch nach allem, was er bisher über sie erfahren hatte, schien sie wirklich dabei helfen zu wollen, Mule Hollow am Leben zu erhalten. Er fuhr sich mit der Hand durchs Haar und musste lächeln, als er sich daran erinnerte, wie sie nach ihrem kleinen Auffahrunfall mitten im Ort angefangen hatte zu singen. Diese Frau war – er gab es nur ungern zu – *manchmal* unterhaltsam und war hübsch wie eine junge Meg Ryan. Sie hatte ein Talent dafür, ihn zum Lächeln zu bringen.

Und als sie in der brennenden Sonne gestanden und ganz allein das Haus gestrichen hatte, hatte niemand ihr Hilfe angeboten.

Er ignorierte das schlechte Gewissen, das sich zu Wort meldete. Stattdessen nahm er seinen Rasierer in die Hand und begann sich zu rasieren, ohne sich dabei in die Augen zu blicken. Und wenn schon. Dann waren es eben vierzig Grad draußen. Konnte er etwas dafür, dass dieses verrückte Huhn nicht wusste, wann man aufhörte? Er war nicht für sie verantwortlich – dann begegnete er seinem eigenen Blick im Spiegel – *doch irgendjemand musste es sein!*

KAPITEL FÜNF

Schweiß lief über Lacys Gesicht, darum hielt sie mit dem Streichen inne, nahm die Baseballmütze ab und wischte sich den Schweiß von der Stirn. Es war glühend heiß. Clint hatte Recht gehabt, was das anging. Sie gab es nur ungern zu, vielleicht wäre es besser, aus der Sonne zu gehen, doch sie hatte keine Zeit dazu.

Sie hatte noch nicht viel von ihrem Haus gestrichen, und sie wollte noch viel mehr schaffen, bevor sie eine Pause machte. Sie hatte ihre Arbeit nicht einmal unterbrochen, um zu essen. Sie hatten so viel zu tun. Sheri brauchte drinnen ihre Hilfe. Die Decken und das Holz mussten dringend gestrichen werden, und die Tapete würde sich auch nicht von selbst an die Wände kleben … und die Liste ging weiter.

Hilfe wäre nett, doch Adela und die anderen

waren damit beschäftigt, die Renovierungsarbeiten des alten Howard-Hauses zu überwachen. Sie mussten den Frauen – sollten denn welche kommen – schließlich irgendeine Art Unterkunft bieten können, und jemand musste sich darum kümmern. Lacy verstand das und war auch der Meinung, dass die Apartments eine großartige Idee waren. Davon abgesehen war es hier draußen viel zu heiß für die älteren Frauen.

Plötzlich wurde ihr schwindelig. Sie schwankte und hielt sich an der Regenrinne fest. Ein paar Augenblicke später war das Schwindelgefühl verschwunden und sie stellte den Pinsel in den Farbeimer. Vielleicht war es doch keine so schlechte Idee, ins Haus zu gehen. Zumindest für einen Moment. Sie blickte in Richtung Horizont, atmete tief durch und wollte gerade vom Dach auf die Leiter klettern, als in der Ferne drei Trucks aus dem trockenen Dunst auftauchten.

Sie näherten sich schnell dem Ort, und sie fragte sich, wer das war.

Als die Trucks näherkamen, wusste sie es.

„Herr, gib mir Geduld", murmelte sie, als sie den ersten Truck erkannte. Clint Matlock war zurückgekommen.

In einer Staubwolke hielt er seinen Truck vor ihrem Gebäude an, und die anderen folgten seinem

Beispiel. Clint und sechs Männer stiegen aus. Die Szene erinnerte sie an einen Western. Abgewetzte Stiefel, abgetragene Jeans, schweißgetränkte Stetsons – das waren echte Cowboys. Alle bauten sich auf dem Gehsteig auf und blickten zu ihr hinauf als wäre sie ein Bandit. Wieder fühlte sie sich an einen Western erinnert – nur, dass sie keinen Revolver hatte, um sie zu einem Duell herauszufordern.

„Ich habe Ihnen doch gesagt, dass Sie nicht in der Hitze arbeiten sollen", knurrte Clint, und seine Sporen klirrten bedrohlich, als er auf sie zu kam.

Ihr Puls stolperte, doch sie stemmte eine Hand in ihre Hüfte und starrte ihn böse an. „Und ich habe Ihnen gesagt, dass ich heute mit dem Streichen fertig werden muss." *Du meine Güte, ist dieser Mann umwerfend!*

„Entweder Sie kommen freiwillig vom Dach runter oder ich hole Sie."

Die Blicke der Männer wanderten von Clint zu Lacy.

„Zwei Dinge. Erstens – das würde ich gerne sehen. Und zweitens – was wollen *die* hier?"

„*Die* werden das hier für Sie fertigmachen. Und jetzt kommen Sie runter oder ich komme hoch. Ich warne Sie, ich meine es ernst."

Dieser Mann machte sie wütend … und faszinierte sie. Er musste der größte Sturkopf sein, der ihr in

87

ihrem ganzen Leben begegnet war. Es gab nicht viele Männer, die ihr die Stirn boten. Sie bewunderte Clints Mut. Und er hatte Hilfe mitgebracht. Sie hatte schon angefangen zu befürchten, dass sich all die Cowboys als nutzlos erweisen würden – so wie die, die sie den ganzen Tag lang von der anderen Straßenseite angegafft hatten. Nicht einer hatte angeboten, dabei zu helfen, die Sauerei auf dem Gehsteig wegzuwaschen, nachdem Clint gegangen war. Das einzige, was sie hatten wissen wollen, war, ob Lacy und Sheri nach der Arbeit ein Bier mit ihnen trinken gehen würden. Faule Hunde! Ganz automatisch hatte Lacy sie ans Ende der Liste der zu Verkuppelnden gesetzt.

„Kommen Sie runter oder was?", sagte Clint und ging auf die Leiter zu.

„Wagen Sie es nicht, nochmal meine Leiter anzufassen. Ich komme runter." Sie schob ihr Kinn vor und kletterte hinunter. Sie war dankbar, doch sie hatte nicht vor, ihn wissen zu lassen, dass sie froh war, dass er zu ihrer Rettung gekommen war – oder wie dringend sie diese Rettung gebraucht hatte.

Und ganz sicher nicht, wie süß sie es fand.

Während er Lacy beim Hinunterklettern zusah, überlegte er, ob er nicht ein bisschen übereilt zurückgekommen war. Diese Frau war eine Gefahr für seine geistige Gesundheit. Sie bedeutete Ärger. Er ermahnte sich, sich nicht mit ihr einzulassen, doch jedes Mal, wenn er sie sah, gefiel ihm, *was* er da sah. Es war nicht nur ihr Aussehen, das anders war, es war auch ihr Mundwerk. Wenn sie den Mund öffnete und losfeuerte – ja, dann gefiel ihm das. Diese Art von Geplänkel machte ihm Spaß. Doch das bedeutete nicht, dass er wollte, dass irgendetwas daraus wurde. Denn dem war nicht so.

Sie war auf der untersten Sprosse angekommen und nur Zentimeter von ihm entfernt. Aus der Nähe war sie noch geröteter, als er zuerst geglaubt hatte. Dieses sture Weibsbild war einem Hitzschlag nahe.

„Cowboy", sagte sie und legte überraschenderweise ihre Hand an seine Wange. „Ich kann sehen, dass Sie es gewohnt sind, dass alle nach Ihrer Pfeife tanzen. Diesmal tue ich es auch–" Sie senkte die Hand und ging die Stufen zu ihrem Salon hoch. „Aber–" Sie blieb in der Tür stehen und sah ihn über ihre Schulter an. „–an Ihrer Stelle würde ich mich nicht daran gewöhnen."

Diese Frau hatte einen ernsthaft gestörten Denkprozess. Clint schüttelte den Kopf und riss den Blick von der Tür los, durch die Lacy gerade verschwunden war. Eine unfassbare Reaktion, nachdem er gerade zurück in den Ort gekommen war, um ihr nachbarschaftlichen guten Willen zu demonstrieren, indem er ihr beim Streichen half. Und das, nachdem er sich eingeredet hatte, dass er damit umgehen konnte, in ihrer Nähe zu sein. Ihre Berührung gerade hatte seine Haut zum Prickeln gebracht, doch es war die Herausforderung in ihren Worten, die den Wunsch nach – ja was? – in ihm weckte? Ihr nahekommen und sehen, was geschah. Ja, das war es.

„Clint, sollen wir mit dem Streichen anfangen?"

„Ja, das will ich", blaffte er und wandte sich seinem Vorarbeiter J.P zu. Er war zu ihm getreten, als Clint in Gedanken versunken gewesen war, und blickte geschockt an dem Gebäude auf. „Lass die Jungs anfangen. Ich will, dass sie bis Einbruch der Dunkelheit fertig sind." Clint versicherte sich, dass sein Hut fest auf seinem Kopf saß. Es wäre alles andere als hilfreich, wenn seine Männer seine pinkfarbenen Haare sahen. Vor lauter dummer Witzen und Gelache würden sie heute nichts fertigbekommen. Er straffte seine Schultern und wandte sich wieder der Tür zu. Er hatte etwas mit Lacy zu besprechen und wollte sich versichern, dass sie nicht umgekippt war, nachdem sie in das kühle Gebäude gegangen war.

„Sir?"

Er hielt vor der Tür inne und zog eine Augenbraue

hoch, als er das säuerliche Gesicht sah, das der jüngere Mann schnitt. „Ist irgendwas, J.P.?"

„Also…" Er zuckte mit den Schultern und nickte in Richtung Gebäude. „Pink?"

Clint hatte dasselbe gedacht, als er es das erste Mal gesehen hatte. „Ja, Pink.", nickte er und betrat Lacys flamingopinkfarbenes Geschäftshaus. Im Inneren fand er sie neben einem kleinen Kühlschrank ein Glas Wasser trinken. Als er sie zum ersten Mal entspannt sah, machte sein Magen einen Sprung. Nach ein paar Sekunden zwang er sich, seinen Blick loszureißen und sah sich um.

Was für ein Chaos! Tapete hing in Fetzen von der einen Wand, die andere war nicht einmal verputzt, und nackte Ziegel starrten ihn an. Den Parkettboden konnte man nicht mehr wirklich als Parkettboden bezeichnen. Jemand hatte zwar gekehrt, doch um ihn wieder vorzeigbar zu machen war mehr nötig als nur ein Besen. Die fünf Meter hohe Decke, von der uralte windschiefe Lampen hingen, war auch nicht viel besser. Manche der Lampen sahen aus, als hielte sie nur noch die dicke Staubschicht zusammen. Das ganze Haus schrie Brandgefahr. Wenn Lacy auch nur ein bisschen Geschäftssinn im Leib hätte, würde sie sich einen Gefallen tun, ein Streichholz in den Laden werfen und verschwinden. Doch offensichtlich hatten weder Lacy noch ihre Freundin, die in der Ecke hockte und versuchte, die Tapete abzulösen, Geschäftssinn. Diese beiden waren vollkommen verrückt.

„Muss man es nicht einfach lieben?"

Lieben? Er drehte sich um, um zu sehen, wovon Lacy sprach, doch sie sah ihn an, und er wusste, dass sie damit nicht ihn meinte. „Sie reden jetzt aber nicht von dieser Bruchbude, oder?"

Mit einem weißen Handtuch wischte sie sich den Schweiß von der Stirn und lächelte. „Was glauben Sie denn, wovon ich sonst rede? Von Ihnen?"

„Natürlich nicht", sagte er, steckte seine Hände in die Hosentaschen, irritiert, weil ihre Bemerkung ihn so sehr störte. Er sah sich erneut um und fragte sich, welche Art von Frau an all dem Schmutz vorbei blicken und etwas Liebenswertes sehen konnte. „Meine Männer werden die Fassade fertig streichen, so können sie anfangen, hier drinnen zu arbeiten. Warum? Keine Ahnung."

Sein Sarkasmus ließ sie kichern. „Sie glauben, mein Haus ist eine Katastrophe?"

„*Katastrophe* ist eine Untertreibung", sagte er und handelte sich damit einen finsteren Blick ein, der wiederum ihn lächeln ließ. „Sie glauben, dass ich Witze mache?"

„Im Gegenteil. Ich weiß, dass Sie es todernst

meinen.“

Er stemmte die Hände in die Hüften, eine Geste, die er so oft bei ihr gesehen hatte. „Oh ja, wie kommt's?“

Sie fächelte sich frische Luft zu. „Wenn ich eines kann, dann Menschen lesen. Sie haben sich einmal hier umgesehen und nur hoffnungsloses Chaos gesehen. Genau wie Sheri.“

Clint musste ihr in diesem Punkt Recht geben, da er wirklich nicht verstand, wie irgendjemand mehr als eine Bruchbude in diesem Gebäude sehen konnte.

Er wollte gerade darauf antworten, als sie plötzlich leichenblass wurde. Sie schwankte, dann sackte sie zusammen.

* * *

Im einen Moment stand Lacy noch, dann hing sie über der Lehne eines alten Sessels, während Clint Matlock sie festhielt und sie aufforderte, zu atmen.

„Was soll ich?“, keuchte sie und rang nach Luft – der Luft, die er ihr genommen hatte, als er sie auf den widerlichen alten Sessel geworfen hatte.

„Atmen, Lacy. Gleich geht's wieder besser.“

„Ich habe ihr gesagt, dass sie langsam machen soll.“

Diese Bemerkung kam von Sheri, die zum Waschbecken gegangen war und das Wasser aufgedreht hatte.

„Aber Sie werden schon noch begreifen, dass Lacy tut, was Lacy tun will", fuhr sie fort. „Muss ein Gendefekt sein."

„Ich hab dich auch lieb, Sheri", knurrte Lacy und versuchte, sich aus Clints Griff zu befreien.

„Klar, musst du ja auch", konterte Sheri und klatschte einen nassen Lappen in Lacys Nacken. „Niemand außer mir wäre bescheuert genug, bei deinem Mist hier mitzuspielen."

Lacy wollte etwas erwidern, doch das Wasser des Lappens lief ihr über die Wangen in ihre Nase.

„Haben Sie noch nie was von Hitzschlag gehört?", fragte Clint.

Hitzschlag? Ich ertrinke hier! Der Mann begriff scheinbar nicht, dass er im Begriff war, sie umzubringen. Sie schaffte es, ihren Kopf zu drehen, um Luft zu holen, und wollte selbst etwas sagen, als sie die Wärme von Clints Fingern spürte, die sanft ihr Schlüsselbein rieben. Sie klappte den Mund zu und genoss das Gefühl. Was für angenehme Hände er hatte.

„In diesem Klima arbeitet man ein bisschen, dann macht man Pause."

Seine Stimme hatte sich ebenfalls verändert und

passte zu den beruhigenden Bewegungen seiner Hände.

„Besonders, wenn man es nicht gewohnt ist", sagte er. Er ging vor ihr in die Hocke – nur Zentimeter von ihrem Gesicht entfernt – und plötzlich war es wie in den Filmen, die sie so liebte: Lacy hatte das Gefühl, als stünde die Zeit still.

„Ich–", begann Clint, dann räusperte er sich und fuhr sanft fort. „Ich arbeite jeden Tag in der Hitze und muss trotzdem aufhören, wenn mein Körper sagt es reicht."

Er hatte wirklich schöne Lippen, sanft geschwungen, als er sie fragend ansah. Seine Hände lagen nach wie vor auf ihrem Schlüsselbein. Entgegen besserem Wissen und Wollen hob Lacy ihre Hand und berührte seinen Mundwinkel. In diesem Moment wusste sie, dass sie mit Ärger rechnen musste.

Und das passte so gar nicht in ihre Pläne.

KAPITEL SECHS

Clint holte tief Luft. Er hatte das Gefühl, selbst einen Hitzschlag zu bekommen, während er in Lacys hübsches Gesicht blickte. Er konnte nicht leugnen, dass sie anziehend war.

Sein Herz pochte, als ihr Blick wie ein sanfter Schmetterling an seinen Lippen hängenblieb und dann zu seinen Augen wanderte.

Ohne sein Zutun hob sich seine Hand und strich eine feuchte Haarsträhne von ihrer Schläfe. „Ich…", begann er. „Ich–"

„Ich muss mich entschuldigen", sagte sie und straffte sich plötzlich. „Ich bin manchmal ein bisschen stur. Ich wollte Ihnen keinen Ärger machen. Und ich habe Ihnen alle möglichen dummen Schimpfnamen an den Kopf geworfen", plapperte sie. „Ganz zu schweigen davon, dass ich Ihren Jeep getötet habe.

Können Sie mir vergeben?"

Er schluckte ein Stöhnen herunter, als sie sich vorbeugte und ihm einen Kuss auf die Wange drückte.

Was hatte er sich nur dabei gedacht. Er erhob sich abrupt, als hätte er einen Stromschlag bekommen. „Bleiben Sie hier", knurrte er und wich in Richtung Tür zurück, da er lieber die Flucht ergreifen als irgendetwas Dummes tun wollte. „Und gehen Sie heute bloß nicht mehr raus."

„Aber ich muss fertigmachen. Der Laden muss geöffnet sein, wenn die Frauen kommen."

Er blieb an der Tür stehen und genoss ihren Anblick. „Sie denken wirklich, dass diese lächerliche Anzeige funktionieren wird?"

„Ich denke nicht nur – ich *weiß*, dass sie funktionieren wird."

Clint schob seinen Hut ein Stück aus der Stirn. Er war frustriert. „Was Sie nicht sagen. Sind Sie immer so optimistisch?"

Sheri, die bisher fast nichts gesagt hatte, lachte laut. „Wenn Sie nur wüssten…"

Lacy Brown würde irgendeinen armen Kerl zugrunderichten. Doch er würde das nicht sein.

„Wie schon gesagt", knurrte er, bevor Lacy ihn unterbrechen konnte. „Bleiben Sie hier, wo es kühl ist. Meine Männer kümmern sich um die Fassade. Sie meiden für den Rest des Tages die Sonne. Das ist sicherer so." Bevor sie etwas erwidern konnte – und das würde sie sicher tun – machte Clint kehrt und ging hinaus. Er musste sich abkühlen und seine Gedanken sortieren. Er hatte seine Pflicht getan. Er hatte sich wie ein guter Nachbar verhalten, seine Männer hergebracht, damit sie halfen, und jetzt musste er sich wieder an die Arbeit machen. *Seine* Arbeit.

Doch weit kam er nicht. Norma Sue hielt ihn auf dem Gehsteig an. „Hallihallo Clint", sagte sie und blieb neben ihm stehen. „Roy Don hat angerufen und mir erzählt, dass du Lacy deine Hilfe angeboten hast. Das ist wirklich nett von dir. Ich dachte, die Mädchen würden vielleicht heute Abend für Hamburger und Pommes zum Haus rüberkommen. Es macht dir doch sicher nichts aus, nachdem du dich so nachbarschaftlich verhalten hast."

Clint blickte finster drein. Norma Sue und Roy Don lebten im Vorarbeiterhaus der Ranch. Es war nur einen Katzensprung von seinem Haus entfernt. Lacy Brown auf seinem Gebiet – die Idee gefiel ihm nicht sonderlich, doch Norma Sue hatte das Recht einzuladen, wen sie wollte. „Nur zu – ich lege mich heute Abend wieder auf die Lauer. Irgendwann muss ich diese Viehdiebe ja auf frischer Tat erwischen." Er ging weiter.

„Jetzt warte mal, Clint. Diese Hunde werden auch nach dem Abendessen noch da sein. Du kommst rüber und heißt die Mädchen willkommen. Es wäre nicht richtig, wenn du das nicht tätest."

„Norma Sue–"

„Fang jetzt nicht mit Norma Sue an! Ich habe dir die Windeln gewechselt und dir den Hintern versohlt, bis du deinem Vater nachgefolgt bist. Er wäre gekommen, und das wirst du auch tun. Das gehört sich einfach."

Für wen? „Ich komme. Aber ich bleibe nicht zum Kaffee."

„Fein. Ich bin mir sicher, dass ich mit einem süßen Ding wie Lacy kein Problem haben werde, einen deiner Ranchhelfer dazu zu bringen, nach dem Abendessen auf einen höflichen Plausch vorbeizukommen."

„Höflich", schnaubte Clint. „Hast du je mit Lacy Brown gesprochen? Diese Frau wüsste selbst, wenn man sie mit der Nase darauf stieße, nicht, was höflich bedeutet." Ganz wahr war das nicht.

Norma Sue kicherte. „Guter Witz, Clint. So ist dir aber noch nie jemand gegen den Strich gegangen. Dir hat wohl noch nie eine Frau so Kontra gegeben, was?"

„Wenn du damit meinst, dass mir noch nie eine Frau begegnet ist, die den Ärger so anzieht wie sie?

Dann nein, mir ist noch nie so jemand begegnet. Mein Jeep ist von einer rosa Rostlaube demoliert worden, und dann habe ich wegen diesem Huhn eine Dusche mit neonpinker Fassadenfarbe genommen. Norma Sue–", er hielt inne und schüttelte den Kopf. „Um ehrlich zu sein, will ich mir lieber nicht vorstellen, was womöglich als nächstes passiert."

Lacy versuchte, sich zu entspannen, als sie zu Clints Ranch fuhr, doch sie war müde und gereizt. Sie hatte selten ein Problem mit Energie, da sie schon ihr ganzes Leben lang eher hyperaktiv gewesen war. Doch an diesem Abend schmerzte ihr Sonnenbrand, und sie war erschöpft. Ganz zu schweigen davon, dass sie enttäuscht von sich war. Sie hatte sich wieder einmal anders verhalten als sie gewollt hatte. Sie hatte einfach nur reagiert – und ihre Reaktion auf Clint Matlock war keine gute gewesen.

„Sheri", sagte sie laut über den Wind hinweg, der ihr um die Ohren peitschte. „Ich gebe es nur ungern zu, doch ich fürchte, ich war zu lange in der Sonne."

„Ach was. Da kommst du erst jetzt drauf? Schau dich an! Unser sexy Nachbar hat dich wahrscheinlich gerettet. Wenn er nicht gekommen wäre, wärst du noch zum Brathühnchen geworden. Du solltest ihm danken, meine Liebe."

Lacy verzog das Gesicht. Sie mochte es nicht, wenn sie sich dumm vorkam, doch das Schlimmste war, Clint Matlock Dank zu schulden. Dieser sture Ochse – sie konnte sich jetzt schon sein Grinsen vorstellen.

Der Mann war zu herrisch und nahm sich viel zu wichtig. Jedes Mal, wenn er in der Nähe war, fühlte sie sich, als wäre sie gerade einen Marathon gelaufen.

Sie bog in Norma Sues Auffahrt ein, stellte den Wagen ab und stöhnte, als sie aufblickte und Clint auf sich zukommen sah.

„Wie geht's dem Caddy?", fragte er und öffnete ihre Tür.

„Sehr clever", sagte Sheri, als sie an ihm vorbei auf die Veranda ging. „Nach dem Auto zu fragen ist ein Weg in ihr Herz. Die Klapperkiste hat mehr Dellen als meine Oberschenkel, aber Lacy liebt sie."

Lacy stieg aus und erinnerte sich daran, dass sie eine Mission hatte und Clint nicht die Ablenkung war, die sie brauchte. „Was? Keine schlauen Bemerkungen?"

Er zuckte mit den Schultern und schob seinen Hut aus der Stirn – eine Geste, die ihr zwischenzeitlich vertraut war. Er sah sie an.

„Jedem das seine", sagte er trocken. „Ich nehme

mal an, Sie haben ein Foto von Elvis in Ihrem Schlafzimmer hängen."

„Hat das nicht jeder?", feixte sie und ging in Richtung Veranda, um Abstand zu gewinnen.

Clints leises Lachen wurde von lautem Gelächter, das aus dem Haus drang, übertönt. Wider besserem Wissen ging Lacy langsamer.

Der kurze gekieste Weg wand sich um eine riesige Eiche, die von großen Rosenbüschen eingerahmt wurde. Sie blieb vor dem in sich gedrehten Stamm der Eiche stehen. Clint hielt neben ihr inne und über das Aroma der Rosen nahm sie den Duft seiner Seife wahr. Frischer Seifenduft hatte Lacy schon immer gut gefallen.

„Woher kommt diese Schwärmerei für Elvis?"

Elvis? Wer ist Elvis? „Es ist nicht wirklich eine Schwärmerei", sagte sie und versuchte, Clints Nähe zu ignorieren und die seltsame Tatsache, dass er sich mit ihr unterhalten wollte, nachdem er heute Nachmittag aus ihrem Salon gestürmt war, als wären ihr Hörner gewachsen.

„Ich-ich mag seine Musik", stammelte sie und starrte die Rosen an, erstaunt angesichts ihrer plötzlichen Hemmungen. „Er hat wunderbare Musik gemacht, doch sein Leben war ein Scherbenhaufen." Sie blickte auf und sah Clint mit einer hochgezogenen

Braue an. „Ich habe immer Mitleid mit ihm gehabt. Ich habe oft das Bedürfnis, *Dinge* zu reparieren."

„Dann trifft das auch auf Menschen zu?" Er sah sie aufmerksam an.

Lacy zuckte mit den Schultern und lächelte. „Menschen helfen zu wollen ist eine meiner Schwächen."

„Dann sind Sie nach Mule Hollow gekommen, um andern zu helfen? Ich hoffe mal, dass Sie heute Nachmittag ihre Lektion gelernt haben. Noch ein paar solche Aktionen, und Sie sind womöglich diejenige, die Hilfe braucht."

So viel zu den warmen Gefühlen, was diesen Mann anging. Lacy straffte ihre Schultern und begegnete seinem Blick. „Ich bin wirklich dankbar, dass Ihre Männer die Fassade fertig gestrichen haben. Doch bevor Sie gekommen sind, bin ich gut zurechtgekommen und hätte es auch ohne sie geschafft."

„Dann würden Sie jetzt mit dem Hitzschlag, vor dem ich Sie gewarnt habe, im Bett liegen."

„Clint Matlock, Sie sind der nervigste Mann, der mir je begegnet ist."

„Ich? *Ha!*" Er trat einen Schritt auf sie zu und starrte unter seiner Hutkrempe hervor auf sie hinab.

„Ha!", blaffte Lacy. Sie fühlte sich wie ein

Preisboxer, als sie ihrerseits einen Schritt auf Clint zu machte. „Und Sie sind ein herrschsüchtiger Rüpel, der sich ab und an von seinem hohen Ross herunter schwingen sollte. Wenn alle Männer hier nur halb so verbohrt sind wie Sie, dann können wir unsere Pläne, den Ort wiederzubeleben, gleich vergessen. Und was Sie angeht, können Sie vergessen, miteinbezogen zu werden. Ich werde nicht einmal versuchen, eine Partnerin für Sie zu suchen. Das wäre unmöglich."

„Und wie kommen Sie darauf, dass ich *Sie* brauche, um eine Frau zu finden?"

Lacy sah sich demonstrativ um, bevor sie sich ihm wieder zuwandte. „Ich sehe keine hier."

„Ich habe viel zu tun", knurrte er. „Und außerdem habe ich kein Interesse daran, mich an die Leine legen zu lassen."

„Natürlich", konterte sie. „Das sagen sie alle."

„Und was ist mit Ihnen? Ich sehe keinen Mann an Ihrem Arm."

Sie funkelte ihn finster an. „Ich brauche keinen Mann an meinem Arm. Ich komme wunderbar allein zurecht. Den Stress brauche ich nicht, darum bleibe ich erstmal Single."

„Meine Liebe, das", sagte er und wandte sich ab, „sollte nicht allzu schwer sein."

Oh … sie wollte etwas nach ihm werfen. Ihr war

zum Schreien zumute, als sie ihn die Treppe zum Haus hinaufgehen sah. Wie konnte er es wagen anzudeuten, dass sie keinen Mann finden könnte, wenn sie es wollte. Das konnte sie. Wirklich. Wenn sie wollte. *Oder nicht?*

„Lacy Brown!", rief Norma Sue hinter der Fliegengittertür hervor. „Komm rein, Mädchen."

Sie holte tief Luft und schniefte. Natürlich weinte sie nicht. Sie weinte nie. Es war Anspannung. Oder eine Allergie. „Ich komme, Norma Sue. Du hast wirklich schöne Rosen." Sie eilte zur Veranda, die Treppe hinauf und ging ins Haus.

„Clint", polterte Norma Sue kurz darauf. Er lehnte am Kamin und unterhielt sich mit Sheri und einem der Cowboys, die vorhin dabei geholfen hatten, ihre Fassade zu streichen. „Was hast du dir nur dabei gedacht, Lacy allein da draußen zu lassen? Wo sind nur deine Manieren?"

„Lacy ist eine unabhängige Frau. Sie wollte nicht, dass ich ihr die Tür aufhalte."

„Clint–"

„Norma Sue, Clint hat Recht", unterbrach Lacy sie. „Ich bin ein großes Mädchen und kann auf mich selbst aufpassen."

Norma Sue blickte skeptisch zwischen ihnen hin und her. Dann lächelte sie. „Das kann ich mir vorstellen. Komm her. Ich will dir Roy Don und J.P. vorstellen. Dann gehen wir raus auf die Terrasse zum Essen."

Lacy war sich nicht sicher, ob ihr Normas Grinsen gefiel. Es sah fast so aus, als wüsste sie etwas, das Lacy nicht wusste. Doch wenn sie glaubte, dass die Funken, die an diesem Abend flogen, romantischer Natur waren, dann täuschte sie sich gewaltig. Clint Matlock konnte ihr mal den Buckel runterrutschen.

Was für ein Idiot war sie eigentlich? Das fragte Lacy sich ein paar Stunden später. Sie stand gestrandet mit einem leeren Benzintank am Straßenrand und hatte eine lange Wanderung durch die Dunkelheit vor sich.

Clint hatte sich kurz nach dem Essen verabschiedet, und dann hatte J.P. Sheri nach Hause gebracht. Esther und Adela waren auch da gewesen, darum war Lacy geblieben und hatte mit ihnen über ihre Pläne für Mule Hollow gesprochen. Lacy hatte ihren Wunsch geäußert, alle Gebäude entlang der Hauptstraße in leuchtenden Farben zu streichen. Sie hatte sich unglaublich gefreut, als die anderen ihre Idee dahinter begriffen und angeboten hatten, eine Sammlung im Ort zu starten, um Geld für die Farben zusammenzubekommen. Sie hatten ihr versichert, dass es mehr als genug Cowboys gab, die kommen und beim Streichen helfen würden. Bis spät in die Nacht hinein hatten sie mit Ideen jongliert, so begeistert, dass sie sich das neue Mule Hollow vorstellen konnten. Sie waren übereingekommen, dass sie die Anzeigenkampagne fortsetzen würden, und Adela hatte sich bereit erklärt, sich etwas für einen Stand auf dem Jahrmarkt einfallen zu lassen, um Geld dafür zu sammeln.

Als schließlich alle nach Hause gegangen waren, war Lacy viel zu aufgedreht gewesen, um schlafen zu gehen, und war in ihrem Cabrio durch die Gegend gefahren.

Autofahren und Joggen halfen ihr immer, sich zu entspannen. Schon als Kind war sie hyperaktiv gewesen und hatte Schlafstörungen gehabt. Ihre Mutter hatte früh gelernt, dass eine Autofahrt sie in den Schlaf lullen konnte. Auch wenn das Geld ständig knapp gewesen war, hatte ihre Mutter es immer geschafft, genug Benzin im Tank zu haben, damit Lacy den Schlaf bekam, den sie brauchte. Jetzt entspannte das Fahren sie einfach und machte ihr Freude. Sie mochte es, mit offenem Verdeck zu fahren. Die kühle Luft vor dem Zubettgehen auf ihrer Haut zu spüren, entspannte sie wie eine sanfte Massage. Außerdem fand sie dabei Frieden, und der Herr sprach mit ihr.

Heute Nacht hatte er allerdings nichts gesagt. Er schien sie verlassen zu haben, da sie mitten im Nirgendwo mit einem leeren Tank gestrandet war. Einem Tank, von dem sie sich sicher war, dass er vor dem Abendessen noch zu einem Viertel voll gewesen war.

Der Mond, der vor wenigen Minuten noch die Landschaft in ein silbernes Licht getaucht hatte, versteckte sich jetzt hinter dicken Wolken. Überall lauerten Schatten.

Ein seltsam klagendes Heulen hallte durch die Nacht und jagte Lacy kalte Schauer über den Rücken. „Ich habe keine Angst, ich habe keine Angst", wiederholte sie und rieb sich die Arme. „Nur ein Kojote auf der Suche nach Liebe."

Mitternächtliche Fahrten durch gut beleuchtete Straßen in der Stadt war sie gewohnt, dunkle Landstraßen jedoch nicht. Unbehaglich sah sie sich in der Dunkelheit um, in der sie kaum den weißen Streifen auf dem Asphalt sehen konnte. Sie war stolz darauf, dass sie sich durch nichts so schnell Angst machen ließ; doch ein bisschen mehr Licht würde nicht schaden. Oder noch besser: Sie wünschte sich, nur dreimal die Hacken zusammenschlagen zu müssen, um zu Hause in ihrem warmen Bett zu landen. Die Chancen, dass das Erfolg hatte oder dass ein Auto auftauchte, standen ungefähr fifty-fifty.

Sie hatte sich noch nie so allein gefühlt wie in diesem Moment. Clint Matlocks Gesicht tauchte in ihren Gedanken auf. *Warum verlor sie regelmäßig die Beherrschung, wenn er in der Nähe war?* Es war, als könnte sie nicht anders, auch wenn sie sich gerade zuvor noch das Gegenteil geschworen hatte.

Mit unruhigem Magen sah sie sich in der Dunkelheit um.

„Okay", sagte sie mit zitternder Stimme. „Dann versuche ich es eben auf deine Art, Herr. Wirklich … und jetzt, was mich hier draußen in der Dunkelheit angeht… ich muss zugeben, dass ich ein bisschen Angst habe. Wenn du mich sicher nach Hause bringen könntest, wäre ich dir ewig dankbar."

Sie fühlte sich ein bisschen besser, straffte ihre Schultern und ging los. Sie war noch keine zwei Schritte weit gekommen, als ein Donnerschlag den Himmel zerriss und es zu regnen begann.

„Was zum…?", keuchte sie und blickte gen Himmel. Sie wusste, dass das Wetter in Texas unberechenbar war, doch das war lächerlich! Innerhalb weniger Sekunden war sie klatschnass und rannte zu ihrem Caddy, um das Dach zuzuklappen. Doch es klemmte, und sie musste hilflos mit ansehen, wie sich das Wasser im Fußraum sammelte.

„Großartig. Einfach *großartig!*", schrie sie. Ein weiterer Donnerschlag schalt sie. „Ich mag das nicht. Ganz und gar nicht", quietschte sie und sah sich nach einem Unterstand um, fand jedoch nichts. Doch selbst, wenn irgendwo einer gewesen wäre, in dieser Dunkelheit und bei diesem Regen hätte sie ihn sowieso nicht gesehen. *Und jetzt?* Sie hob das Gesicht in den Regen. Dicke Tropfen zerplatzten auf ihrer Haut und liefen ihr über das Gesicht als stünde sie unter der Dusche. Ein weiterer Donnerschlag, der den Boden unter ihren Füßen erzittern ließ, riss Lacy aus ihren Gedanken, und sie marschierte los.

Ihr weißes Sommerkleid klebte an ihren Waden, ihre Sandalen schmatzten unter ihren Fußsohlen, und der Regen spülte ihr immer wieder die Haare in die Augen. Sie war eine knappe Meile gelaufen, als ein kalter Wind zu wehen und sie unkontrollierbar zu zittern begann.

Nach der zweiten Meile erreichte sie eine Brücke, die vor ein paar Stunden noch über einen plätschernden Bach geführt hatte. Jetzt rauschte eine tosende Flut über sie hinweg.

Ihre Hoffnung sank. Was sollte sie tun? Sie konnte versuchen, sie in ihren Sandalen zu überqueren, doch das Wasser floss so schnell, dass sie wahrscheinlich den Halt verlieren würde. Hätte sie Jeans und Stiefel getragen, hätten die ihr zumindest einen gewissen Schutz geboten, doch neeeeeiiin! Nicht heute Nacht. Sie hatte sich für ein Kleid entschieden. Es hatte sie vorhin wirklich wütend gemacht, als ihr bewusst geworden war, dass sie sich nur für das Kleid entschieden hatte, um Clint Matlock zu beeindrucken.

Geschichten von Leuten, die beim Versuch, Hochwasser zu überqueren, ertrunken waren, fielen ihr ein, doch sie wusste, dass sie etwas tun musste.

„Denk positiv, Lacy. Denk. Jemand wird nach mir suchen. Sheri wird jemanden schicken, um dich zu finden." Nur, dass sie noch kein Telefon in ihrem Haus hatten. Sie holte zittrig Luft und kämpfte gegen die Tränen an. Wieder krachte der Donner, und sie rannte los, zurück in Richtung ihres Autos.

Finstere Visionen, in denen sie am nächsten Morgen blau und aufgebläht gefunden wurde, tauchten vor ihrem inneren Auge auf. Sie schniefte und wischte sich über die Nase. Sie hatte solche großen Hoffnungen gehabt, als sie nach Mule Hollow gekommen war. Doch wo war sie jetzt? Zu Fuß auf einer einsamen Straße im Regen. Allein. Und außer Sheri würde sie niemand vermissen, wenn sie nicht nach Hause kam.

KAPITEL SIEBEN

Clint hielt seinen Truck vor der Brücke an, die zwischen ihm und der Straße nach Hause lag. Er hatte sein Wort gehalten und war nach dem Abendessen gegangen, in der Hoffnung, die Viehdiebe, die seine Bestände dezimiert hatten, auf frischer Tat ertappen zu können. Dass er dadurch auch Lacy Brown entkommen war, war Nebensache. Doch Bilder von ihr in diesem weißen Kleid waren ihm gefolgt. Wie es ihren Körper wie eine sanfte Liebkosung umspielt hatte. Wie ihre Augen gefunkelt hatten, als er sie herausgefordert hatte. Schon bevor es angefangen hatte zu regnen, hatte er sein Interesse an den Viehdieben verloren.

Jetzt, wie immer nach einer enttäuschenden Nacht, sehnte er sich nach einer Tasse Kaffee und einem warmen Bett. Und traumlosem Schlaf. Durch die

Windschutzscheibe versuchte er, die Tiefe des immer noch steigenden Wassers einzuschätzen, legte den Gang ein und fuhr langsam los. Sein Truck war für das raue Landleben gemacht und dafür, mit Situationen fertigzuwerden, die für die meisten Autos und Trucks zu viel waren. Trotzdem war er vorsichtig und auch, wenn er diese Brücke kannte und wusste, dass sie diesen saisonbedingten Fluten widerstehen konnte, war er sich bewusst, dass er ein Risiko einging. Sobald er auf der anderen Seite angekommen war, trat er aufs Gas. Er war knapp zwei Meilen gefahren, als plötzlich aus dem Nichts eine geisterhafte Gestalt mitten auf der Straße vor ihm auftauchte. Als er das Lenkrad scharf herumriss, fiel sein Blick auf Lacy Browns lächerlichen rosa Cadillac. Er trat auf die Bremse, riss das Lenkrad noch einmal herum und betete, nichts und niemanden zu treffen.

Außer Kontrolle schlitterte der Truck über die Straße und kam schließlich im schlammgefüllten Straßengraben zum Stehen. Unverletzt sprang Clint aus dem Wagen und rannte los, um sich zu versichern, dass er die Gestalt, die über die Straße gestolpert war, nicht getroffen hatte. Es musste Lacy Brown gewesen sein.

Blitze zuckten am Himmel, gefolgt von einem Donnerschlag, der den Boden erzittern ließ. Im Licht sah er die Gestalt erstarrt am Straßenrand stehen.

„Lacy?", rief er über den heulenden Wind hinweg. „Lacy Brown?" Was tat sie denn hier draußen mitten im Nirgendwo?

„C-Clint."

Das erstickte Schluchzen drang an sein Ohr, als gerade ein weiterer Donnerschlag die Nacht zerriss. Sie stürzte die zehn Meter auf ihn zu und in seine Arme. Sie war eiskalt und zitterte. Wie lange war sie schon hier draußen in diesem Wetter? Er sagte nichts, sondern hob sie hoch und eilte zurück zu seinem Truck. Er musste sie ins Trockene bringen.

„Ich dachte, ich hätte Sie getötet", flüsterte sie mit klappernden Zähnen.

„Schh", sagte er an ihr Ohr und drückte sie an seine Brust. „Sie sind jetzt in Sicherheit."

„S-so dumm von m-mir", stotterte sie.

„Nein, nicht dumm. Das Wetter hier draußen ist unberechenbar. Der Wettermann hat Regen angekündigt, keine Blitzflut."

Er schaffte es zu seinem Truck, ohne im Schlamm auszurutschen, und setzte sie auf den Beifahrersitz. Er hatte den Motor laufen gelassen und versuchte sofort, rückwärts aus dem Straßengraben zu fahren, doch der Allradantrieb griff nicht. Irgendetwas musste beschädigt sein.

„Ich bringe Ihnen kein Glück."

Ihre Stimme war ein heiseres Flüstern.

Etwas in seiner Brust zog sich zusammen, und er zog ihren kalten Körper an sich. „Wir müssen Sie aus diesen nassen Klamotten bekommen, damit Ihnen wieder warm wird." Er kramte hinter dem Sitz herum und zog ein knittriges Jeanshemd hervor. „Sieht nicht hübsch aus, ist aber sauber. Gestern war es zu heiß, um damit zu arbeiten, darum habe ich es ausgezogen und nur im T-Shirt gearbeitet. Ziehen Sie das an und dann wickeln Sie sich in meinen Schlafsack ein. So sind sie in Nullkommanichts wieder warm."

Die Andeutung eines Nickens war alles, wozu sie in der Lage war. Clint drehte die Heizung auf und tastete hinter ihr nach dem Schlafsack, den er mitgebracht hatte, um nach den Viehdieben Ausschau zu halten. Seine Thermosflasche mit dem Kaffee lag auch da.

„Ich steige aus, damit sie sich umziehen können. Hier, ich breite den Schlafsack aus, da können sie drunter schlüpfen, falls sie noch mehr Privatsphäre wollen. Kommen Sie soweit klar?" Sie zitterte so sehr, dass er sich Sorgen um sie machte.

Sie nickte. „Danke. Aber Sie werden nass werden." Ihre Augen waren so groß wie der Mond.

„Schon gut." Er griff unter seinen Sitz und holte eine Regenjacke hervor. „Hupen Sie, wenn Sie fertig sind. Dann komme ich wieder rein, und wir können Kaffee trinken." Er riss den Blick von ihrem blassen Gesicht los und trat hinaus in den Regen. Er zog die Regenjacke über und stapfte durch den Schlamm am Straßenrand, während er über ihre Situation nachdachte.

Sie brauchte fast zehn Minuten, um sich umzuziehen. Als sie hupte, war er froh, endlich wieder in den warmen, trockenen Truck klettern zu können. „Ich kann nicht fassen, wie kalt mir ist. Und das im Hochsommer!", sagte sie mit immer noch klappernden Zähnen.

Clint sah ihre Unterarme, als sie ihr Kleid auf dem Armaturenbrett ausbreitete. „Das kommt von Ihrem Sonnenbrand, der lässt den kalten Wind und den Regen noch kälter wirken", sagte er, froh, dass er sie gefunden hatte, bevor sie noch länger den Unbilden des Wetters ausgesetzt gewesen war. Er war nur kurz draußen im Regen gewesen, doch auch ihm war kalt.

Sie hatte sein Hemd bis zum Hals zugeknöpft, und natürlich war es viel zu groß.

Auch, wenn sie sich in seinen Schlafsack eingewickelt hatte, zitterte sie immer noch und war blass. Erschöpfung stand ihr ins sonst so lebhafte Gesicht geschrieben. Diese Nacht hatte ihren Tribut verlangt, und in diesem Moment wollte Clint nichts mehr, als die Energie wiederzusehen, die sonst aus Lacy heraussprudelte.

Hin- und hergerissen goss er ihr einen Becher Kaffee ein. „Trinken Sie das", sagte er barsch. Ihre Finger zitterten, als sie den Becher entgegennahm. Ganz selbstverständlich legte er seine Hände auf ihre und hob die Tasse an ihren Mund.

Als ihre Lippen beim Trinken seine Finger streiften, erstarrte er. Er konnte die Chemie zwischen ihnen nicht leugnen. Lacy begegnete seinem Blick, und er wusste, dass sie dasselbe empfand.

Er wollte es nicht.

„Danke", sagte sie mit zitternder Stimme und wandte den Blick ab. „Ich weiß nicht, was ich getan hätte, wenn Sie nicht aufgetaucht wären."

Diese entwaffnende Verletzlichkeit in ihren Augen ließ sein Herz pochen. Sie weigerte sich, ihn anzusehen, und er spürte, dass sie sich nicht gerne schwach fühlte. Sie konnte es nicht ertragen.

Er wollte den Arm ausstrecken und ihr eine nasse Haarsträhne aus der Stirn streichen. Doch das tat er nicht, da er annahm, dass ihr das nicht gefallen würde. Stattdessen antwortete er: „Ihnen wäre schon etwas eingefallen." Und das stimmte. Er kannte sie erst seit ein paar Tagen, doch er wusste bereits, dass Lacy Brown sich nicht unterkriegen ließ. Auch wenn sie ein paar Pannen erlebt hatte, seit sie nach Mule Hollow gekommen war, zweifelte er nicht daran, dass sie für sich selbst sorgen konnte. Es war offensichtlich, dass in dieser zierlichen Gestalt eine starke Frau steckte. Ein bisschen durchgeknallt, aber stark.

Er goss ihr einen weiteren Becher Kaffee ein. Ihre Hand zitterte immer noch, doch diesmal lächelte sie ihm dankbar zu, bevor sie einen Schluck trank und wieder in die Nacht hinausblickte. Der Lärm des Sturms, der um sie herum tobte, und der Regen, der gegen die Scheiben prasselte, schnitten sie von der Außenwelt ab.

„Kommt mir so vor, als würden Sie mich dauernd retten", sagte sie ein wenig nervös.

Clint lachte leise. „Ist doch selbstverständlich, Ma'am."

Lacy wandte sich ihm zu. „Und was jetzt?", fragte sie und holte tief Luft.

Clint blickte aus dem Fenster. Das war sicherer, als Lacy anzusehen. „Wir warten darauf, dass der Regen aufhört, dann gehe ich Hilfe holen."

„Ich komme mit Ihnen", sang sie beinahe.

Das klang schon eher wie die Lacy, die er kannte. Doch sie würde nicht mitkommen. „Auf gar keinen Fall. Das ist viel zu gefährlich, und es wäre ein Wunder, wenn Sie sich nicht schon sowieso eine

Lungenentzündung eingehandelt hätten." Er begegnete ihrem Blick und bemühte sich verzweifelt um Beherrschung.

Als sie in Clints Augen blickte, wurde Lacy sich plötzlich der Einsamkeit ihrer Situation bewusst. Was für ein sturer Mann. Lachfältchen tanzten um seine Augen, als er sich abwandte. Sie beobachtete, wie er den Hut tiefer in die Stirn schob, sich aufs Lenkrad stützte und in die Nacht starrte.

Etwas in ihr zog sich zusammen. Einen Moment lang war das Gefühl so stark, dass sie beinahe in Tränen ausgebrochen wäre. Verwirrt angesichts ihrer intensiven Reaktion auf Clint beobachtete sie, wie seine Kiefermuskeln zuckten. Eine angespannte Stille breitete sich aus. Sie wünschte sich, dass der Regen aufhören möge, damit sie der Enge des Trucks entkommen konnte, um einen klaren Kopf zu bekommen und sich wieder auf ihre Mission zu konzentrieren.

Nach einer Weile räusperte Clint sich. „Warum haben Sie sich für Mule Hollow entschieden?"

Seine Stimme war sanft. Das überraschte sie. Darüber hinaus gab die Frage ihr die Möglichkeit, sich auf etwas anderes zu konzentrieren als den Mann neben sich. Sie stürzte sich auf den Themenwechsel.

„Haben Sie jemals etwas von ganzem Herzen gewollt?"

Clint antwortete nicht, sondern blickte nur seltsam drein und nickte. Nur ein kurzes Nicken, dann wandte er den Blick wieder ab.

Lacy schluckte. „Ich auch. Nur, dass alles nicht gepasst hat. Zum Beispiel wollte ich meinen eigenen Salon eröffnen. Vier Jahre lang habe ich jeden Cent dafür gespart und auf die richtige Gelegenheit gewartet. Manchmal dachte ich, den richtigen Ort gefunden zu haben. Doch irgendwie hat es nie geklappt, und die Pläne haben sich in Wohlgefallen aufgelöst." Clint wandte sich ihr zu, und Lacy lächelte, verunsichert, weil sie über so persönliche Dinge mit ihm sprach. Dinge, die sonst nur Sheri wusste. „Letztes Jahr habe ich dann allen Ballast in meinem Leben abgeworfen. Ich habe die Schmerzen der Vergangenheit aufgegeben und stattdessen nach einem Ort gesucht, an dem ich etwas Gutes tun konnte." Strahlend sah sie Clint an. „Und dann bin ich über Adelas Anzeige gestolpert…" Sie hielt inne und erinnerte sich an das Gefühl, das sie fast überwältigt hatte, als sie die Anzeige das erste Mal gelesen hatte. „Und ich wusste, dass Mule Hollow der Ort ist, an dem ich sein soll."

Clint lächelte sie schief an, und als im blassen Licht des Armaturenbretts seine Augen unter der Hutkrempe hervor glitzerten, schlug Lacys Magen einen Salto.

„Natürlich hat Sheri mich für verrückt gehalten", lachte sie nervös. „Doch das ist nichts Neues. Ich weiß nicht, ob Sie es bemerkt haben, aber ich bin ein Dickkopf und trete gerne mal ins Fettnäpfchen."

Clint lachte leise. „Nein, das ist mir noch gar nicht aufgefallen."

Sie schmunzelte und fühlte sich seltsam entspannt. „Lachen Sie, soviel Sie wollen, doch Mule Hollow wird alles sein, was ich hier drin sehe." Sie tippte sich an die Stirn. „Wenn Sie nur sehen könnten, was ich sehe, wenn ich die Hauptstraße hinunter blicke!"

„Ich fürchte mich davor."

„Oh, warten Sie nur", schnaubte sie.

„Dank Ihnen habe ich ja schon einen Vorgeschmack bekommen." Er versicherte sich, dass sein Hut fest an seinem Platz saß. „Und glauben Sie mir, Pink ist nicht meine Farbe."

Lacy lächelte, als sie daran dachte, dass sie grellrosa Fassadenfarbe über ihn gekippt hatte. „Ja, da haben Sie wohl Recht."

Eine angenehme Stille breitete sich zwischen ihnen aus, und entspannt schmiegte Lacy sich an den

Sitz. Das Prasseln des Regens an der Fensterscheibe hatte eine geradezu hypnotische Wirkung. Sie hatte seit Tagen nicht gut geschlafen; und jetzt der Regen, die Hitzeerschöpfung, die sie schon vorhin gespürt hatte und ihre Wanderung durch den Sturm, bevor Clint sie gerettet hatte – all das war zu viel für sie, und ihr fielen die Augen zu.

„Und ein Ehemann? Das gehört nicht zu Ihrem Traum? Ihrer Vision?"

Seine Stimme hallte wie in einem langen Tunnel. „Ich brauche keinen Mann", antwortete sie, ohne die Augen zu öffnen. „Mein Vater hat die Träume meiner Mutter ruiniert." Sie gähnte und zog den Schlafsack fester um sich. „Ich werde keinem Mann die Gelegenheit geben, mir meine Träume zu nehmen." Wieder gähnte sie und schaffte es, ihre Augenlider kurz zu öffnen, um Clints brütenden Blick zu sehen. Dann fielen ihr die Augen wieder zu und sie schlief ein.

In der Dunkelheit lauschte Clint dem leisen Rhythmus von Lacys Atem. Sie war schnell eingeschlafen. Wie es schien, war sie ein Alles-oder-nichts-Mensch. Sie lebte unter Vollgas, und wenn der Tank leer war, dann war er leer. Der Gedanke gefiel ihm, doch er wusste, dass sie, sobald sie aufwachen würde, sofort wieder Gas geben und ihn verrückt machen würde… denn ja, das tat sie.

Doch daran wollte er gar nicht denken.

Er wusste, dass es am besten war, so wenig Zeit mit ihr in seinem Auto zu verbringen wie möglich. Ihren leisen Schlafgeräuschen zuzuhören fiel ihm nicht leicht. Er wollte, dass der Regen aufhörte. Er wollte raus aus seinem Truck, und ganz gleich, wie oft seine Gedanken zu den Überlegungen, wie es sich wohl anfühlen würde, Lacy Brown zu küssen, abschweiften, er wollte sie nach Hause bringen – weit weg von ihm.

Sie war alles, was er in einer Frau nicht suchte. Alles … naja, vielleicht nicht alles. Er mochte ihren Sinn für Humor, ihre Lebensfreude und ihren Glauben. Und wenn er an ihre Eskapaden dachte, musste er lächeln.

Sein Wagen steckte mitten in der Nacht im Straßengraben fest, und was tat er? Er lächelte. Seit Lacy wie ein Wirbelsturm über den Ort hereingebrochen war, hatte er mehr gelächelt denn je.

Er blickte in die Dunkelheit. Wollte er lächeln? Er rieb sich den Nacken und warf einen Blick in Lacys Richtung. Gedanken an seine Mutter drängten plötzlich in den Vordergrund. Was, wenn Lacy so ein flatterhaftes Ding war, das alle für etwas hielten, das sie nicht war? Was, wenn alles, was sie gesagt hatte, eine Lüge war?

Clint musste aus dem Wagen raus. Wenn sie war, was sie zu sein behauptete, musste er sie vor dem Kleinstadttratsch, der entstehen könnte, bewahren. Und wenn sie Jedermanns Alptraum war, musste er erst recht hier raus, denn ein Alptraum wie der, den er mit seiner Mutter und all ihren Lügen erlebt hatte, war mehr als genug.

Er hatte keine Lust, sich noch einmal so das Herz brechen zu lassen.

Irgendetwas weckte Lacy auf. Ein leises Geräusch, ihr eigenes Seufzen, irgendetwas. Sie richtete sich in ihrem Sitz auf und zog den Schlafsack fester um sich. Clint saß steif da und starrte hinaus in die Nacht. Seine Miene war steinhart. Sie folgte seinem Blick zu einem blassen Licht, das am Horizont tanzte.

„Was ist das?", fragte sie und rieb sich die Augen. Es war ihr unangenehm, dass sie eingeschlafen war. Das Mindeste, was sie tun konnte, war Clint Gesellschaft zu leisten, denn schließlich war es ihre Schuld, dass er in dieser Situation war.

„Viehdiebe."

„Was?"

„Viehdiebe. Ich hatte geglaubt, dass sie heute Nacht nicht kommen würden. Da habe ich mich wohl getäuscht."

„Stehlen die etwa Ihr Vieh?"

„Jupp."

„Und Sie sitzen einfach so da? Kommen Sie, wir dürfen die nicht einfach so entkommen lassen."

Clint starrte sie fassungslos an. „Wir stecken im Schlamm fest, und Sie haben nur einen Schlafsack und mein Hemd an. Das ist wohl kaum für die Jagd auf Viehdiebe geeignet."

Sie hatte vergessen, dass ihr Kleid auf dem Armaturenbrett trocknete. „Dann ziehe ich mein Kleid wieder an", sagte sie und berührte den Stoff. „Ja, ist ziemlich trocken. Ich ziehe es an, und wir können uns da rüber schleichen und sehen, wohin sie gehen."

„Lacy, zwischen denen und uns liegen etwa fünfzehn Morgen Land und mindestens drei Zäune."

„Wollen Sie diese Typen etwa nicht aufhalten?"

„Natürlich will ich das–"

„Dann schauen Sie aus dem Fenster. Wir sind hier." Clint warf ihr einen kurzen Blick zu. Lacy lachte. „Clint Matlock, hat Ihnen jemals jemand gesagt, dass sie absolut keinen Sinn für Humor haben?"

„Das ist nicht lustig."

„Ja das ist es. Sie können es nur nicht sehen. Und jetzt halten Sie den Schlafsack hoch."

Offensichtlich nicht glücklich nahm Clint den Schlafsack und hielt ihn hoch. Sie zog schnell das immer noch klamme Kleid an und zog sein Hemd darüber, um warm zu bleiben. „Okay. Auf geht's."

„Lacy, heute Nacht können wir ihnen nicht folgen."

„Warum nicht. Der Regen hat aufgehört. Der Mond kommt raus."

„Wir gehen nicht. Wir sind am hintersten Ende meiner Ranch. Wenn wir irgendwohin gehen, dann nach Hause. Wenn wir auf meinem Hof angekommen sind, bringe ich Sie nach Hause."

„Ich will nicht nach Haus." Wie konnte er jetzt an Nachhausegehen denken? Sie öffnete die Tür und sprang barfuß in den Schlamm. Sie ignorierte das widerliche Gefühl, als ihre Zehen darin versanken. Sie sah sowieso schon furchtbar aus. Ihre Haare klebten an ihrem Kopf, ihr Kleid ein schmuddeliger Fetzen, doch das war ihr egal. Was waren schon ein paar schlammige Füße – sie würde Viehdiebe fangen gehen! Wie cool war das? „Kommen Sie, Clint. Ich will ein paar Viehdiebe fangen."

Er schüttelte den Kopf. „Hier", sagte er ein paar Sekunden später, als er neben ihr am Zaun stehen blieb. Er drückte ihr ein paar Gummistiefel in die Hand, gefolgt von einem Lumpen und ein paar Socken. „Die sind viel zu groß, aber so bleiben Sie wenigstens trocken."

„Wie kommt's, dass Sie das alles im Auto haben?"

„Ich arbeite auf den Weiden, darum ist es immer gut, ein paar frische Socken und Gummistiefel dabeizuhaben. Wenn Sie es nicht so eilig gehabt hätten, dann hätte ich sie Ihnen vor dem Aussteigen gegeben."

„Oh, tut mir leid. Aber danke. Vielen Dank." Sie hielt sich an seinem Arm fest und wischte den Schlamm so gut wie möglich mit dem Lappen ab, dann zog sie die Socken an und schlüpfte in die Stiefel. Clint sagte nichts, sondern stand einfach nur neben ihr und stützte sie, damit sie nicht das Gleichgewicht verlor. Schließlich richtete sie sich auf und machte ein paar Schritte. Die Stiefel waren *riesig*, und erst dachte Lacy, dass sie unmöglich darin laufen konnte. Doch nach ein paar unbeholfenen Schritten war es erträglich, auch wenn sie in den Stiefeln hin und her rutschte. Die Stiefel waren nicht nur zu groß, sie waren auch hoch und streiften bei jedem schwerfälligen Schritt den Saum ihres Kleides. Sie war sich bewusst, dass sie wie eine Vogelscheuche aussah, doch zumindest konnte sie über die nasse Weide laufen – oder eher *stolpern* – ohne barfuß durch den kalten Matsch stapfen zu müssen.

„Kommen Sie?", fragte sie und warf einen Blick über ihre Schulter.

Clint verzog das Gesicht. „Okay. Aber nur, weil Sie unbedingt diese Hunde fangen wollen. Die sind wahrscheinlich sowieso schon weg, wenn wir die Weide erreichen."

Er ging voraus, drehte sich jedoch schnell wieder um. „Ach ja. Sie tun, was ich sage, wenn ich es sage. Verstanden? Sonst lassen wir es gleich bleiben."

Lacy stemmte ihre Hände in die Hüfte und funkelte ihn an. „Ist das so üblich hier, dass alle Ihren Befehlen gehorchen müssen?"

„Nicht alle. Doch wenn Sie Viehdiebe jagen wollen, sollten Sie besser gehorchen. Oder soll ich Sie fesseln?"

Sie kniff die Augen zusammen. „Das würde ich gerne sehen."

Clint trat einen Schritt auf sie zu. Im Mondlicht konnte sie seinen scharfen Blick sehen. „Honey", sagte er gedehnt. „Sie wollen sich nicht mit mir anlegen."

„Oh, ja?", zischte sie über das Rauschen des Blutes in ihren Ohren. „Soll das eine Herausforderung sein?"

„Nein. *Das* ist eine Herausforderung", knurrte er, und sie erschrak, als er seine Hände auf ihre Schultern legte. Dann küsste er sie.

Er küsste sie! Lacys Herz donnerte, und plötzlich war sie gar nicht mehr mutig. Sie wollte die Flucht ergreifen aus Angst vor den Emotionen, die durch sie hindurch rauschten. Was hatte sie sich dabei gedacht, ihn zu provozieren?

So plötzlich, wie der Kuss gekommen war, endete er auch. Clint ließ seine Hände sinken, drehte sich um und ging zur Straße. Sprachlos angesichts dessen, was gerade zwischen ihnen passiert war, folgte Lacy ihm so schnell sie konnte in seinen viel zu großen Gummistiefeln. Als sie ihn erreichte, starrte er auf den Asphalt. Sie betrachtete seine angespannte Haltung und schämte sich. Sie hatte ihn provoziert. Warum hatte sie das getan?

„Es tut mir wirklich leid, Clint. Ich habe mich wie ein Kind benommen. Können Sie mir vergeben?"

Er drehte sich um, und im Licht des Mondes sah sie die Überraschung in seinem Blick. „Sie müssen sich nicht entschuldigen. Ich bin der Idiot, der sie gepackt hat. Es gibt keine Entschuldigung für *mein* Verhalten. Absolut keine."

Seine unerwartete Reue rührte sie. „Junge, Sie haben ein Talent, dem Ego eines Mädchens einen

Dämpfer zu verpassen. Und ich dachte, ich wäre unwiderstehlich."

Er lachte leise, und ihr Magen schlug einen Purzelbaum. „Okay, dann lag es nicht daran, dass ich unwiderstehlich bin. Dann lassen Sie uns die Schuld einfach der stressigen Nacht geben – die übrigens nie enden wird, wenn wir nicht bald losmachen. Wir haben Viehdiebe zu fangen, schon vergessen?"

Clint ergriff ihren Arm. „Lacy, bitte. Ich will diese Viehdiebe erwischen, doch heute ist nicht die Nacht dazu. Moment–" Er legte einen Finger auf ihre Lippen, um ihren Protest zu ersticken. „Wir haben heute noch genug vor uns, *ohne* Kriminelle zu verfolgen, die vielleicht gar nicht mehr da sind, wenn wir auf die Weide kommen."

Lacys verräterisches Herz hüpfte in ihrer Brust, als sie seine Berührung spürte. Doch ihr Verstand überraschte sie viel mehr – denn sie gab ihm tatsächlich Recht. Nicht, dass sie nicht gerne Viehdiebe gejagt hätte – das hätte sie wirklich gern getan – doch in den letzten vierundzwanzig Stunden hatte Clint ihretwegen wirklich schon genug durchgemacht. Es war Zeit, nach Hause zu gehen. Oder zumindest zu versuchen, vor Tagesanbruch nach Hause zu kommen.

„Sie haben Recht, Clint. Nach Ihnen."

Die Überraschung auf seinem Gesicht war amüsant, und sie konnte nicht anders – sie musste sich über ihn lustig machen. „Wenn Sie noch länger mit offenem Mund dastehen wollen, dann gehe ich eben vor." Mit schmatzenden Stiefeln stapfte sie an ihm vorbei, doch im nächsten Moment war er schon wieder neben ihr.

„Lacy Brown, Sie sind die unberechenbarste Frau, die mir je über den Weg gelaufen ist."

Ihre Gedanken überraschten Lacy, doch sie hätte lieber unwiderstehlich als unberechenbar gehört.

KAPITEL ACHT

„Wie bitte?"

Lacy starrte auf die schwarzen Wasserwirbel, unter denen sich irgendwo eine Brücke verbarg. Clint konnte ihr ihre Skepsis nicht zum Vorwurf machen. Das Wasser war gefährlich. „Ich will, dass sie sich an meinem Gürtel festhalten und mir über die Brücke folgen."

Im blassen Licht des Mondes, das hier und da zwischen den Wolken hervor spähte, sah Clint Angst über ihr Gesicht huschen, bevor sie wieder ernst dreinblickte. Sie war ihm eine halbe Stunde schweigend gefolgt – ein Wunder! – doch jetzt störte ihr Schweigen ihn. „Lacy, es ist okay. Ich lasse nicht zu, dass Ihnen irgendwas passiert."

Sie hob den Blick, und Clint fürchtete, dass es ihn umbringen würde, sie nicht wieder zu küssen. Sie *war* beinahe unwiderstehlich.

„Das weiß ich", sagte sie. „Ich bin nur ein bisschen nervös."

„Ich bin auch nervös", gab er zu. „Doch wenn wir die Brücke nicht überqueren, müssen wir die Nacht in meinem Truck verbringen. Und Sie wissen, dass das nicht richtig ist."

Sie dachte darüber nach und starrte auf das Wasser, während sie auf ihrer Unterlippe herumkaute.

Schließlich nickte sie in Richtung Wasser. „Gehen Sie vor. Ich bin noch nie ein großer Camper gewesen."

Das ist meine Lacy, dachte er. „Ich wette, dass Sie einer sein könnten, wenn Sie nur wollten." Wann war sie *seine* Lacy geworden?

Sie lächelte. „Wollen Sie die Nacht in Ihrem Truck verbringen?"

„Es könnte gefährlich sein."

„Cowboy, ich habe keine Angst davor, diese Brücke zu überqueren."

Er wollte ihr sagen, dass sie nicht mit ihm gehen musste, wenn sie nicht wollte, doch sie würde nicht auf ihn hören. „Dann halten Sie sich fest, und was auch immer Sie tun, lassen Sie nicht los. Das Wasser ist nicht tief, aber die Strömung ist ziemlich stark. Wenn Sie den Halt verlieren, könnten Sie leicht von der Brücke geschwemmt werden. Es gibt kein Geländer."

„Oh, keine Sorge. Ich werde nicht loslassen." Als sie den Kopf senkte, fragte er sich, ob sie vielleicht betete, und zugegebenermaßen konnten sie alle Hilfe gebrauchen, die sie bekommen konnten.

„Okay, auf geht's", sagte sie und hakte ihre Finger zwischen Ledergürtel und Hosenbund.

„Halten Sie sich fest", ermahnte er sie erneut, dann trat er ins Wasser und wünschte sich, die Brücke hätte eine Brüstung.

Lacy folgte ihm, und er wartete, damit sie sich an das Gefühl des Wassers, das ihre Beine umspülte, gewöhnen konnte. Sie umfasste den Gürtel fester, und er tastete sich weiter ins rauschende Wasser vor.

„Oh!", keuchte Lacy, dann verlor sie den Halt und ließ seinen Gürtel los.

Clint wirbelte herum und griff nach ihr, doch sie war schon fort, weggespült von der gurgelnden Strömung.

Wie ein Guppy, der versucht, stromaufwärts zu schwimmen, schlug Lacy im kniehohen Wasser auf der Brücke um sich. Die überraschend starke Strömung trieb sie gnadenlos auf den Rand der Brücke zu, während sie verzweifelt hustend versuchte, irgendetwas zu finden, woran sie sich festhalten konnte.

Plötzlich schloss sich eine starke Hand um ihr Handgelenk und hielt sie fest. Im nächsten Moment wurde sie aus dem Wasser in die Sicherheit von Clints Armen gezogen. Er hielt sie fest, während ihr Herz wild hämmerte und sie hustete und spuckte und ihr die Tränen über das Gesicht strömten. Ihr Leben war gerade vor ihrem inneren Auge vorbeigezogen, und plötzlich wollte sie nichts mehr als von Clint Matlock in den Armen gehalten zu werden.

„Wenn du glaubst, dass ich dir noch eine Gelegenheit geben werde, mich zu retten, dann täuschst du dich", murmelte sie an seinem Hals, während sie das Gefühl genoss, sein Herz pochen zu spüren – ganz dicht an ihrem eigenen. Mitten auf der Holzbrücke stand er breitbeinig da, wie eine massive Stütze, die dem wütenden Wasser standhielt und sie fest in seinen Armen hielt. In diesem Moment wurde ihr bewusst, dass das Leben mit Clint Matlock immer so sein würde.

Wortlos begann er, sich zum Ufer vorzutasten. Wie stark er war, war offensichtlich angesichts seiner Bewegungen durch die Strömung. Er hielt Lacy fest an sich gepresst und schaffte es, die Brücke innerhalb weniger Minuten zu überqueren. Als sie schließlich wieder festen, trockenen Boden unter den Füßen hatten, hätte sie ihn am liebsten geküsst. Wem versuchte sie etwas vorzumachen. Sie wollte ihn heiraten und seine Kinder haben!

„Seit ich nach Mule Hollow gekommen bin, weiß ich nicht, wer in größerer Gefahr ist. Du oder ich", krächzte sie.

Er lehnte seine Stirn an ihre. „Ich wusste vom ersten Moment an, dass du Ärger bedeutest. Und seitdem habe ich es mindestens zweimal am Tag gesagt." Seine Stimme war rau, doch seine Hand war fast zärtlich, als er ihr die Haare aus dem Gesicht strich. Er musterte sie einen Moment lang, dann stellte er sie ab. „Bist du okay?", fragte er, ohne sie loszulassen.

Ihre Füße berührten kaum den Asphalt, und Lacy hätte am liebsten gelacht. Sie hatte Liebesgeschichten gelesen, wusste um die bedeutsamen Momente, wenn Held und Heldin ihre Gefühle durch Blickkontakt gestanden, und sie wusste auch, dass sie nicht lachen sollte.

Aber das hier ist keine Liebesgeschichte. „Du fragst, ob ich okay bin? Mich, den Obertollpatsch vom Dienst? Um ehrlich zu sein, weiß ich nicht, ob ich noch viel schaffen kann. Vielleicht schaffe ich es ja barfuß, den Rest des Weges, ohne zu fallen zurückzulegen."

„Vielleicht auch nicht", sagte er, hob sie wieder auf und ging los. „Ich hätte nie das Risiko eingehen sollen, dich über diese Brücke laufen zu lassen."

„Clint, lass mich runter", protestierte sie. „Ich kann laufen."

Er blieb nicht stehen.

Sie wollte nicht, dass er sie trug. Sie wollte selbst laufen. Und wenn sie nicht vorsichtig war, würde sie ihre Mission vergessen und sich glatt noch in diesen Mann verlieben.

Tratsch – jener Tratsch, vor dem Clint sie so süß hatte beschützen wollen, breitete sich rasend schnell im Ort aus. Als Lacy am nächsten Morgen erwachte, warteten Norma Sue, Esther Mae und Adela bereits an ihrer Tür.

Das erste, was Lacy sah, als sie die Tür öffnete, war Esther Maes schwankende Turmfrisur, als sie wegen irgendetwas, das Norma Sue gerade gesagt hatte, den Kopf schüttelte. Alle drei Frauen erstarrten und lächelten Lacy unschuldig an, als die Tür aufschwang. Irgendwas musste sein.

„Kommt rein. Was gibt's Neues in der Gerüchteküche heute Morgen?" Sie trat beiseite und ließ die älteren Frauen in ihr Wohnzimmer.

„Was meinst du?", fragte Norma Sue unschuldig.

Lacy setzte sich auf die Armlehne des blumigen Sofas. Ihr neongelbes Nachthemd passte wunderbar zu den grellbunten Farben des Bezugstoffs des Sofas. „Norma Sue, ich weiß ja, dass ihr mich noch nicht sehr gut kennt. Doch ihr wisst, dass ich geradeheraus sage, was ich denke, und dasselbe erwarte ich auch von euch. Also raus mit der Sprache."

„Stimmt das, was Norma Sue sagt?", fragte Adela.

„Ja. Hast du die Nacht mit Clint verbracht?", fragte Esther Mae.

Die Frage erschreckte Lacy, auch wenn sie sie beinahe erwartet hatte. Ihre Mienen verrieten ihr, was sie dachten. Sie sollten sich was schämen.

„Oh bitte, Mädels", sagte Lacy. „Natürlich nicht. Mir ist der Sprit ausgegangen, und dann ist der Sturm losgebrochen, und ich war klatschnass. In gewisser Weise hat Clint mich gerettet."

„In gewisser Weise?", fragte Esther Mae und sah Adela und Norma Sue enttäuscht an. Selbst ihre Haare schienen weniger bauschig als sonst. „Wie kann man jemanden *in gewisser Weise* retten?"

Lacy erzählte ihnen die Geschichte, ließ das Küssen aber aus. Sie log nicht, sondern ließ einfach nur gewisse Teile des Abends aus, die ihrer Meinung nach niemanden etwas angingen. Da sie diese Teile selbst nicht verstand, hatte sie nicht das Bedürfnis, die verwirrenden und privaten Details der Gerüchteküche zur Verfügung zu stellen.

„Und was ist passiert, nachdem ihr zu seinem Haus gekommen seid?", fragte Norma Sue.

„Er hat mich nach Hause gebracht, dann ist er wieder nach Hause gefahren." Wieder hielt Lacy es für unangebracht, den anderen zu erzählen, wie angespannt die Nachhausefahrt gewesen war.

Und offensichtlich mussten sie nicht wissen, wie enttäuscht sie gewesen war, als er gegangen war, ohne sie noch einmal zu küssen.

Nur ein paar kurze Stunden, nachdem er Lacy zurück nach Hause gebracht hatte, saß Clint an seinem Schreibtisch und pfiff vor sich hin, während er die ungeöffnete Post der ganzen Woche durchging. Angesichts der Viehdiebe und Lacy Brown war seine Post zu öffnen so ziemlich das Letzte gewesen, an das er gedacht hatte. Es musste sein, doch nach den unglaublichen Ereignissen letzter Nacht war es noch weniger reizvoll, am Schreibtisch zu sitzen und Briefe zu öffnen.

Lacy Brown faszinierte ihn. Ganz gleich wie sehr er es auch leugnen wollte, er konnte es nicht. Vielleicht, ja vielleicht war sie ja wirklich kein flatterhaftes Ding, das nur auf Spaß aus war. Sie schien echte Substanz zu haben. Und ganz gleich, was er sich auch einzureden versuchte, sie schien das Gesamtpaket zu sein.

Betonung auf *schien.*

Er klopfte mit der Ecke eines Umschlags auf den Schreibtisch und rang mit dem Wunsch, den Schmerz seiner Vergangenheit zu vergessen, denn in diesem Moment wollte er nur eines: seinen Hintern in den Ort schwingen und Lacy wieder in die Arme nehmen.

Geistesabwesend betrachtete er den Umschlag in seiner Hand. Er war dabei, die vielen Umschläge in verschiedene Haufen zu sortieren, um schneller voranzukommen. Als sein Blick auf den Absender fiel, um den Umschlag dem richtigen Stapel – Rechnungen, Privat, Ranch – zuzuordnen, stach ihm der ordentlich geschriebene Name ins Auge. Amber Matlock. Das war der Name seiner Mutter. Sie hatte ihren Namen nie geändert, auch wenn sie seiner Meinung nach nicht mehr das Recht hatte, den Nachnamen seines Vaters zu tragen. Heiße Wut schoss durch Clint hindurch. Sie hatte kein Recht mehr auf den Namen Matlock, nicht nach all der Schande, die sie über ihn gebracht hatte. Er ließ den Umschlag fallen, rückte seinen Stuhl zurück und starrte darauf. Sein Herz pochte, sein Blutdruck war in die Höhe geschossen, und selbst der

Abstand zum Umschlag half nicht.

Wie oft hatte er sich als Kind gewünscht, einen Brief von seiner Mutter zu bekommen? Wie oft hatte er gebetet, dass sie nach Hause kommen möge?

Aufgewühlt hob der den Umschlag auf und drehte ihn langsam um. Er war ein erwachsener Mann, und doch hatte er das Gefühl, wieder dasselbe leidende Kind zu sein, das er gewesen war, als seine Mutter jemand anderen ihm vorgezogen hatte. Kein auf Wiedersehen… kein Wort. Bis jetzt. Sein Magen schmerzte. Gefühle, die er so mühsam unterdrückt hatte, drängten in gnadenlosen Wellen an die Oberfläche.

Nach Jahren des Wunderns, nach Jahren des Hoffens … Seine Hand zitterte, als eine weitere Welle ihn traf. Was wollte sie? War sie okay?

Er kämpfte gegen die Neugier an, gegen die Sehnsucht, von der er geglaubt hatte, sie überwunden zu haben, und zog langsam, ganz langsam seine Schreibtischschublade auf, warf den Brief hinein und stieß sie entschlossen wieder zu.

In der Stille des Raumes hallten unausgesprochene Fragen wider. Fragen, denen er keine Beachtung schenken wollte. Seine Mutter hatte sein Kinderherz in Stücke gerissen, als sie ihn verlassen hatte.

Aus genau diesem Grunde hatte er lange

aufgehört, irgendetwas mit Amber Matlock zu tun haben zu wollen. Und so würde es bleiben.

KAPITEL NEUN

Lacy hatte in den drei Tagen, seit Clint sie vor den Fluten gerettet hatte, hart in ihrem Salon gearbeitet. Dank seinen Ranchhelfern, waren die Malerarbeiten in Rekordzeit abgeschlossen und die Fenster geputzt und auf Hochglanz poliert. J.P. hatte Sheri geholfen, die Lampen gerade aufzuhängen, dann hatte Lacy den ramponierten Holzboden weiß gestrichen. Das einst so heruntergekommene Gebäude sah aus wie neu. Es hatte jetzt ein einladendes Ambiente, das Lacy gefiel. Alles, was jetzt noch nötig war, waren ein paar Rollen Tapete, zwei Haarwaschplätze, die noch installiert werden mussten, und die Spiegel, dann konnten sie eröffnen.

Auch wenn er seine Ranchhelfer geschickt hatte, um ihr zu helfen, war Clint seit der stürmischen Nacht nicht wieder in den Ort gekommen. Es war wahrscheinlich besser so, denn sie hatte ihn nicht aus dem Kopf bekommen. Es gab ein paar Dinge aus dieser Nacht, die sie nicht vergessen konnte. Der Kuss, wie er sie gehalten hatte, wie sie sich gefühlt hatte, als er sie gehalten hatte. Doch wie sie sich gefühlt hatte, als er in das reißende Wasser gegriffen und sie aus der Gefahr gezogen hatte, war der Knaller. Nach diesem Erlebnis hatte sich ihre Perspektive verschoben. Es war ihr bereits schwergefallen, die Szene, in der er bei ihrer ersten Begegnung auf der Straße stand, aus dem Kopf zu bekommen. Wie er den Kopf gesenkt und sie schief angesehen hatte, als er gefragt hatte, ob sie nach einem Mann suchte. Jetzt wiederholte sich die Frage wie ein Mantra in seinem Kopf.

Sie war erst seit knapp zwei Wochen in Mule Hollow, und ihre Gedanken wanderten bereits von ihrer Mission ab. Es störte sie, dass sie so flatterhaft sein konnte. Sie wollte unbedingt auf Kurs bleiben.

Als sie jetzt eine Bahn Tapete mit Tapetenkleister einstrich, kreisten ihre Gedanken pausenlos.

Sie war froh, als sich die Tür hinter ihr öffnete.

„Ju-hu, Lacy!"

„Adela", rief sie über ihre Schulter, als sie die trällernde Stimme erkannte. „Wie geht's?"

„Wunderbar. Einfach wunderbar. Wie hübsch es doch hier drin schon aussieht."

„Findest du?" Lacy trat zurück, stemmte ihre Hände in die Hüften und bewunderte ihr Handwerk. „Ich habe noch nie tapeziert und habe mich darauf gefreut, was Neues auszuprobieren. Es ist leichter, als ich gedacht habe."

„Du hast Talent, meine Liebe."

„Das würde ich nicht behaupten, doch es nicht schwer."

„Hast du das alles selbst gemacht?"

„Oh nein, nein. Sheri hat mir unglaublich geholfen. Sie ist nur gerade zu Pete rübergegangen, um mehr Kleister zu holen. Ich habe die Tapete in Dallas gekauft, aber nicht an Kleister gedacht. Zum Glück hat Pete welchen. Ich hoffe nur, dass er noch gut ist." Sie strich die nächste Bahn mit dem Kleister ein und faltete sie zusammen, wie in der Anleitung beschrieben.

„Das denke ich doch. Sieht aus, als würde er kleben." Adela strich mit der Hand über das zartrosa-weiß gestreifte Papier und nickte.

„Bei dir alles gut?" Lacy nahm die eingekleisterte Bahn und ging zur Wand.

Adela folgte ihr. „Ich wollte dir erzählen, dass die Wohnungen gerade eine einzige Katastrophe sind, doch die Baufirma sagt, dass zwei davon rechtzeitig für den Jahrmarkt fertig sein werden. Die Elektriker sind jetzt da und ziehen die Kabel für die Küchen, und die Trockenbauer haben angefangen, Öffnungen in die Wände zwischen den Wohn-Esszimmern zu schneiden, um sie zu verbinden. Es ist erstaunlich, was man in ein paar Wochen erreichen kann, wenn die Leute motiviert sind."

„Du musst irgendwas getan haben, um sie so zu motivieren." Lacy hielt inne und lächelte Adela an. Adela war zwar zierlich und wirkte immer gelassen, doch dahinter war sie eine Frau, die genau wusste, was sie wollte und wie man es bekam.

„Ich habe ein paar Verbindungen in Ranger, Freunde der Familie, die gerne bereit waren zu helfen, besonders, nachdem ein anderes Projekt abgesagt worden ist und sie etwas gebraucht haben, ihre Angestellten zu beschäftigen."

„Das ist ja gut."

„Lacy, ich bin auch gekommen, weil ich dir erzählen wollte, dass wir vor ein paar Minuten einen Anruf von einer jungen Frau bekommen haben, die aus Hollywood herkommt, um vielleicht eine Boutique zu eröffnen. Hollywood! Kannst du dir das vorstellen?"

Lacy wirbelte herum. „Und du kommst nicht vor Begeisterung schreiend hier rein gestürmt? Du erstaunst mich wirklich, Adela. Gibt es irgendetwas, das dich aus der Ruhe bringen kann?"

Adelas Augen glitzerten. „Oh, ich bin alles andere als ruhig. Ich bin furchtbar aufgeregt."

Lacy lachte. „Ja, das sehe ich."

„Ich habe ihr gesagt, dass im Augenblick die Klientel hier vielleicht eher uninteressant für eine Boutique ist." Adelas Augen glitzerten noch mehr. „Aber ich habe ihr auch gesagt, dass wir erwarten, dass irgendwann genug Nachfrage für einen solchen Laden bestehen wird."

„Und", sagte Lacy, als Adela nicht gleich fortfuhr.

„Sie hat mir versichert, dass sie mit einem langsamen Anfang rechnet. Sie meinte, dass ein Teil ihres Geschäfts über das Internet abgewickelt wird und dass es ihr darum nichts ausmacht, wenn es am Anfang hier wenig Laufkundschaft gibt."

„Oh, das klingt gut. Wann kommt sie an?"

„In zwei Wochen, gerade rechtzeitig für den Markt. Ich habe ihr erklärt, dass es das Event des Sommers ist, an dem sie unbedingt teilnehmen sollte, bevor sie zurück in die Stadt fährt und ihre Entscheidung trifft."

„Adela, du bist einfach zu cool", sagte Lacy und wandte sich wieder ihrer Arbeit zu. Der Kleister hatte lange genug eingewirkt, und es war Zeit, die Bahn an die Wand zu kleben.

„Ja, ähm… danke. Bist du sicher, dass du keine

Hilfe brauchst?"

„Ganz sicher."

„Dann bis später. Ich gehe mich jetzt mit Pete treffen. Mal sehen, ob er sich breitschlagen lässt, eine Sachspende zu leisten, damit wir die Straße für den Jahrmarkt schmücken können. Oh, und übrigens, ich dachte, das leerstehende Gebäude gleich neben deinem Laden wäre perfekt für eine Boutique."

„Das finde ich auch", sagte Lacy, ohne die Aufmerksamkeit von ihrer Tapete abzuwenden.

„Na denn tschüssi, meine Liebe."

„Ja, tschüssi", sagte Lacy abwesend, während sie die Tapete glattstrich und sich darauf konzentrierte, dass die Linien gerade waren. Als sie fertig war, trat sie zurück und betrachtete ihr Werk. „Nicht schlecht. Gar nicht schlecht."

Wieder wurde die Tür hinter ihr geöffnet.

„Was denkst du, Sheri. Ich glaube, dass das zusammen mit der anderen Tapete ganz toll aussehen wird."

„Wenn man Rosa mag."

Lacy wirbelte herum und sah Clint Matlock, der die Wand kritisch beäugte. Sie war geschockt von der Freude, die wie eine Welle durch sie hindurch rauschte. Geschockt und genervt zugleich.

„Du magst Rosa nicht?" Sie zwang ihr Herz,

langsamer zu schlagen und ihren Mund, das Lächeln zu unterdrücken, zu dem er sich verziehen wollte.

„Nein, das kann ich nicht behaupten, doch es ist offensichtlich, dass wir da nicht einer Meinung sind." Er hakte seinen Daumen in eine Gürtelschlaufe an seiner rechten Hüfte. „Muss ich etwa damit rechnen, dass alles, was du anfasst, rosa wird?"

Lacy kicherte. „Nicht alles. Aber ich mag Rosa, weil es eine fröhliche Farbe ist."

„Nicht immer." Clint nahm seinen Hut vom Kopf und senkte langsam den Kopf, damit sie seinen Scheitel sehen konnte. „Wie ich neulich schon gesagt habe, ist das nicht meine Farbe."

Lacy blieb der Mund offenstehen. „Clint, du hast *pinkfarbene Haare*!"

„Als ob ich das nicht selbst wüsste", sagte er trocken. „Und es macht mich nicht gerade glücklich."

Lacy eilte zu ihm und starrte seine Haare an. „Ich kann nicht fassen, dass ich das nicht schon in der Sturmnacht gesehen habe. Aber wenn ich darüber nachdenke… du hast nie deinen Hut abgenommen. Du meine Güte! Du hast die ganze Zeit krampfhaft darauf aufgepasst, dass er nicht davonfliegt."

„Das kannst du laut sagen. Seit das passiert ist, habe ich den Hut außer zum Schlafen nicht abgenommen. Kannst du dir vorstellen, wie sie mich

149

aufziehen würden, wenn jemand mitbekäme, dass ich grellrosa Haare habe?"

Lacy lachte. „Oh je, da würde die Welt wie wir sie kennen glatt enden."

Clint entspannte sich gegen den Türrahmen. „Die Frage ist, kannst du mir helfen?"

Lacy berührte das steife Haarbüschel, das wie ein Hahnenkamm in der Mitte seines Kopfes thronte und irgendwie niedlich war. „Du könntest es einfach so lassen und einen neuen Trend setzen." Clint senkte den Kopf und warf ihr diesen schiefen Seitenblick zu, den sie so liebgewonnen hatte. „Dann eben nicht."

„Ich habe alles versucht, was ich für sicher gehalten habe, und öfter geduscht, als ich zählen kann. Den Sturm nicht zu vergessen-"

„Der zählt nicht", unterbrach Lacy ihn. „Du hast den Hut aufbehalten." Sie zupfte an dem Haarbüschel.

„Hey, pass auf!"

Lacy lachte und ging zu dem Haarwaschstuhl, der an der hinteren Wand stand. „Ich bin verzweifelt genug, es mit Waschbenzin zu versuchen. Morgen ist Sonntag, und in der Kirche kann ich meinen Hut schlecht aufbehalten."

„Das bekomme ich schon für dich raus." Sie war froh, etwas für ihn tun zu können. Er hatte sie schließlich vor Gott-weiß-was bewahrt. „Wir müssen nur den Haarwaschstuhl anschließen, und schon können wir loslegen."

Clint betrachtete den Stuhl. „Das kann ich schon machen. Ich schließe dir beide an, wenn du versprichst mir zu helfen, diesen Hahnenkamm wieder loszuwerden."

Sie legte die Hand auf ihr Herz und antwortete feierlich: „Versprochen."

„Okay, dann machen wir das so. Ich gehe schnell das Werkzeug aus meinem Truck holen, dann können wir loslegen."

Nachdem er seinen Stetson wieder aufgesetzt hatte, verließ Clint den Salon. Lacy blickte ihm nach und kämpfte kichernd gegen den Drang an, hinter ihm her zu laufen und ihm auf der Straße den Hut vom Kopf zu stehlen.

Oh, Lacy, das ist gemein! „Was macht Clint denn hier?", fragte Sheri, als sie hereinkam.

„Er wird meine Haarwaschplätze installieren."

„Er hilft dir dabei? Dir, die du seinen Jeep gecrasht hast, die du daran schuld bist, dass er seinen Truck in den Straßengraben gefahren hat und mitten in einer Blitzflut über seine Weiden nach Hause wandern musste?" Sie starrte sie ungläubig an.

„Ja, er ist ein guter Nachbar."

„Ja klar", schnaubte Sheri. „Der Junge ist an dir

interessiert, Lace." Sie wackelte mit den Augenbrauen.

„Wie du meinst, Groucho. Ich bin auf jeden Fall nicht interessiert." Lacy stopfte übrige Streifen der Tapete in den Mülleimer und ignorierte ihr pochendes Herz.

„Wie du meinst, aber wenn dem so ist, hast du sie wirklich nicht mehr alle. Pete hat keinen Kleister mehr, darum fahre ich gleich mal nach Ranger, um welchen zu holen."

„Jetzt? Ranger ist sechzig Meilen von hier."

Sheri steckte ihre Hände in ihre Gesäßtaschen und wippte auf den Hacken. „Ich weiß."

„Was verschweigst du mir?"

„J.P. hat eine Ladung Vieh zu einer Auktion zu bringen und hat mich gefragt, ob ich mitkommen will."

Lacy starrte ihre Freundin an. „Das wird ziemlich ernst zwischen euch beiden."

„Nicht zu ernst. Passt schon so."

„Sher–"

„Lace, hör auf. Ich bin nicht diejenige mit einem Männerproblem. J.P. ist ein netter Typ. Er ist amüsant, und Gott, er kann küssen."

„Sheri, das *ist* ernst."

„Ja, das ist es. Aber du musst dich locker machen. *Das* ist ernst. Und anstatt dir Sorgen meinetwegen zu machen, während ich weg bin, warum sorgst du dich nicht um diesen attraktiven Mann, der die nächste Stunde oder so mit dir arbeiten wird?" Sheri ging grinsend rückwärts durch die Tür. „Das ist eine gute Sache, Lacy. Vergiss das nicht. Eine gute Sache. Als wir noch Kinder waren, hat es dir nie gefallen, wenn ich von außen zugeschaut habe. Und jetzt mag ich es nicht, wenn du von da zuschaust. Es ist nicht richtig. Also entspann dich, und freunde dich mit ihm an."

Lacy beobachtete, wie sie die Straße zu J.P, der an seinem Truck lehnte, hinunter joggte. Er hatte ein Bein auf den Reifen gestützt und sah glücklich aus, als Sheri auf ihn zu gerannt kam. Als sie vor ihm stehen blieb, legte er einen Arm um ihre Schultern, öffnete ihr die Tür und half ihr beim Einsteigen. Ein leiser Anflug von Neid angesichts ihrer Unbeschwertheit schwappte durch Lacy hindurch. Sie wandte sich ab und verdrängte die Emotion. Sie war noch nicht bereit, einem Mann ihr Herz anzuvertrauen. Nicht so mir nichts, dir nichts. Nicht so unbeschwert. Trotzdem beneidete sie ihre Freundin um ihre Fähigkeit, das zu tun.

„Okay, das dürfte es sein", sagte Clint etwa eine Stunde später, klopfte seine Hände ab, stand auf und steckte den Schraubenschlüssel in die Gesäßtasche.

„Perfekt", sagte Lacy. „Dann kann ich ja jetzt den Laden eröffnen."

„Erst bin ich dran."

Lacy lachte, als er den Hut abnahm und seine pinkfarbenen Haare zeigte. „Ja, du bist definitiv mein erster Kunde. Alle anderen müssen bis Dienstagmorgen warten."

„Ich muss schon sagen, du hast wirklich wahre Wunder gewirkt hier drin. Ich hätte nie gedacht, dass ihr das so schnell hinbekommt, doch es sieht wirklich gut aus. Du brauchst sicher Hilfe mit den Spiegeln, oder?" Er nickte in Richtung der zwei großen Spiegel, die an der Ziegelwand lehnten.

„Ja, die sind wirklich schwer", gab Lacy zu, auch wenn sie nicht sonderlich scharf darauf war, sich noch mehr von ihm helfen zu lassen. Sie war immer unruhiger geworden, während sie die Haarwaschplätze installierten. Öfter, als sie zählen konnte, hatten sich ihre Hände gestreift, wenn sie ihm Werkzeug gereicht oder etwas für ihn gehalten hatte.

„Ich hänge sie für dich auf", bot er an. „Nachdem du–" Er senkte den Kopf und deutete auf seine Haare.

Sie verdrängte ihre Sorgen und lächelte, als sie ihn mit großer Geste zum Platznehmen einlud. „Setz dich."

„Das musst du mir nicht zweimal sagen."

Lacy biss sich auf die Unterlippe, begegnete

seinem glitzernden Blick und zwang sich, sich darauf zu konzentrieren, den richtigen Entfärber aus dem Schrank zu holen. Das einzige Problem war, dass sie sich vorbeugen musste, um seine Haare zu schrubben – und er beobachtete sie. Ihre Gesichter waren keinen halben Meter voneinander entfernt. Sehr zu ihrer Bestürzung brauchte sie zwei verschiedene Produkte und viel länger, als sie gehofft hatte, um die Farbe auszuwaschen. Sie war froh, als sie endlich verschwunden war und sie ihn für farbfrei erklären konnte. „Bitte schön. Du bist ein freier Mann", sagte sie und trocknete seine Haare mit dem Handtuch.

Und ich bin eine freie Frau.

Sie war nervös, als sie sich schnell zum Empfangstresen zurückzog. Sie brauchte die Distanz. Sie brauchte Perspektive zu den Gefühlen, die in ihr tobten.

Er ging durch den Raum, und sie beobachtete, wie er sich im Spiegel betrachtete. „Danke", sagte er und ging zu ihr. „Dafür könnte ich dich glatt küssen", feixte er.

Lacy trommelte mit den Fingernägeln auf den Tresen. „Wir – wir müssen uns jetzt nicht von deiner Begeisterung hinreißen lassen."

Clint ging einen weiteren Schritt auf sie zu. „Wenn du wüsstest, wie wichtig es ist, *keine* pinkfarbenen Haare zu haben, würdest du mich verstehen." Er kam weiter auf sie zu, und der Schalk tanzte in seinen Augen.

Lacy trommelte angestrengter.

„Ich habe die ganze Woche an dich denken müssen", sagte er ernst.

Den ganzen Nachmittag hatten sie es geschafft, das kleine Problem der Emotionen nicht anzusprechen, und sie wünschte sich, er hätte es nicht getan. Leugnen war untypisch für sie, da sie die Dinge normalerweise gerne frontal anging. Doch sie war einfach nicht bereit, sich damit zu befassen.

„Das hast du?", quietschte sie. Verwirrt. Begeistert.

Mit funkelnden Augen sah er sie an. „Ich bin auch nur ein Mensch, und es war schließlich eine ereignisreiche Nacht."

„Das ist eine Untertreibung. Der Regen ... beinahe zu ertrinken... es war alles so furchtbar." Lacy hielt die Finger still und verschränkte die Arme vor ihrem Bauch.

„Nicht alles war furchtbar, Lacy. Es hat mir Spaß gemacht, Zeit mit dir zu verbringen." Er trat vor und nahm ihr Gesicht in seine Hände. „Es hat mir Spaß gemacht, mich mit dir zu unterhalten. Du bist ein Klassemädchen, wenn man dich erst einmal näher kennenlernt."

Lacy schloss die Augen, einen Moment verloren in seiner Berührung.

„Lace, ich habe versucht, mich von dir fernzuhalten. Doch ich bekomme dich einfach nicht aus dem Kopf."

Sie schluckte schwer und rang um Fassung. Sie konnte sich diese Ablenkung nicht erlauben. „Clint, ich kann das nicht. Ich würde lügen, wenn ich sagen würde, dass ich dich nicht gerne besser kennenlernen würde." *Dass ich dich nicht küssen will.* „Aber ich darf mich jetzt nicht ablenken lassen. Mein Liebesleben steht derzeit nicht zur Debatte."

Da – sie hatte es ausgesprochen oder zumindest heruntergerattert. Sie war aufrichtig und direkt gewesen. Sie hatte keine Spielchen mit ihm gespielt. Das hatte er zumindest verdient.

Er musterte sie schweigend, dann verzog er seine Lippen zu diesem Lächeln, bei dem ihr Innerstes zu Wackelpudding wurde.

„Ich seh' dich morgen in der Kirche."

Lacy blickte ihm nach, als er hinaus ging und in seinen Truck einstieg. Sie seufzte. „Das Problem mit dir ist, dass du einfach zu süß bist, um gut für mich zu sein."

KAPITEL ZEHN

Die kleine Kirche stand ein wenig außerhalb des Ortes, eingebettet in einen alten Baumbestand. Laut Norma war das Gebäude fünfzig Jahre alt. Das Gebäude war mit weißem Holz verkleidet und hatte ein neues Stahldach, das in der Sonne glänzte. Sofort musste Lacy an einen alten Song über eine Kirche im Wald denken, an den sie sich vage aus ihrer Kindheit erinnerte. Die Erinnerung ließ ihr Herz anschwellen mit einer Sehnsucht, von der sie gar nicht gewusst hatte, dass sie existierte. In Dallas besuchte sie regelmäßig eine riesige Kirche aus Ziegeln und Naturstein, die der Gemeinde alle modernen Annehmlichkeiten bot. Es gab sogar einen Buchladen, in dem man christliche Bücher kaufen konnte. Es war eine wunderbare Kirche, selbst, wenn man sich in der Menge verloren fühlen konnte. Doch als Lacy in ihrem

Auto saß und den Frieden auf sich wirken ließ, der von der Kirche von Mule Hollow ausging, spürte sie eine Anziehung, ein beinahe überwältigendes Gefühl, dazugehören zu wollen. Sie lächelte, als sie aus ihrem Caddy ausstieg und einmal nicht über die Tür sprang wie sonst. Sie parkte schließlich vor der Kirche und trug ein Kleid – ganz zu schweigen davon, dass Sheri sie mit Argusaugen beobachtete, um sicherzugehen, dass sie wenigstens versuchte, sich wie eine Lady zu benehmen.

„Hi Adela", rief sie und beugte sich über den Rücksitz, um ihre Bibel herauszuholen, während sie ihr zuwinkte. Adela winkte zurück. Sie stand bei der Treppe mit einem Mann, von dem Lacy annahm, dass er der Pastor war, nachdem er alle begrüßte, die in die Kirche gingen. Als sie Sheri in Richtung Kirche folgte, sang ihr Herz vor Aufregung.

Adela umarmte sie, als sie die breite Veranda betraten. „Ich freue mich so, dass ihr zwei gekommen seid. Ich möchte euch den einen Mann in Mule Hollow vorstellen, den ihr noch nicht gesehen habt. Das ist Pastor Lewis."

Der Pastor war ein eher zierlicher Mann mit schneeweißen Haaren und leuchtend grünen Augen, die Lacy freundlich ansahen – wahrscheinlich freute er sich, dass „frisches Blut" in seine Kirche kam. Er begrüßte beide mit einem festen Händedruck und hieß sie willkommen. „Ich freue mich, dass Sie heute Morgen gekommen sind."

„Diese Kirche ist ganz bezaubernd", sagte Lacy und sah aus dem Augenwinkel Clint Matlock in ihre Richtung kommen.

„Guten Morgen, Clint und J.P. Schön, dich zu sehen, Bob", begrüßte der Pastor die Männer.

Lacy begegnete Clints Blick und war alles andere als glücklich über die Röte, die ihr ins Gesicht kroch. „Hallo Clint. Jungs." Sie nickte den anderen Cowboys zu, die Clint gefolgt waren und jetzt an ihnen vorbeigingen und die Hüte abnahmen, als sie die Kirche betraten. Clint blieb bei ihnen stehen und begrüßte Adela und den Pastor. Lacy hörte Adela mit dem Pastor über die Lieder reden, die sie heute spielen sollte, und sie entschuldigten sich, um sich auf den Gottesdienst vorzubereiten. Nachdem Sheri mit J.P. und den anderen bereits hineingegangen war, waren Clint und sie allein vor der Kirche.

„Du siehst hübsch aus heute Morgen", sagte Clint, nahm seinen Stetson ab und hielt ihn mit beiden Händen fest.

Lacy rang ihre Nervosität nieder, etwas, das zur Gewohnheit zu werden schien, und zwang ihre verräterische Stimme, natürlich zu klingen. „Danke.

Ich mag deine Haare."

„Oh, danke. Eine wirklich nette Lady hat sie mir gemacht." Einen Moment lang pulsierte Anspannung zwischen ihnen, dann machte er eine Geste in Richtung Tür, als ein Klavier zu spielen begann. „Nach dir."

Lacy trat in das kühle Gebäude und seufzte, als Clint nach ihr auf die Bank rutschte. Sie hatte nicht damit gerechnet, während des Gottesdienstes neben ihm zu sitzen. Um ihre Überraschung zu verbergen, nahm sie ein Gesangbuch. Als er sich gleichzeitig vorbeugte und nach demselben Buch griff, berührten sich ihre Hände. Er zog sich schnell zurück und nahm das Buch daneben.

Lacy schalt sich, sich in der Kirche auf den Herrn und nicht auf Clint Matlock zu konzentrieren, als sie in Richtung Chor blickte und sich vor Überraschung beinahe auf die Lippe gebissen hätte. All die singenden Cowboys zu sehen würde reichen, um viele Frauen in diese Kirche zu locken, doch es waren weniger die Cowboys, die Lacys Aufmerksamkeit auf sich zogen. Genauso wenig wie die sich beißenden Blumendrucke der Sonntagskleider, die Norma Sue und Esther Mae trugen. Lacys Blick fiel auf eine hübsche junge Frau. Niemand hatte bisher eine andere junge Frau in Mule Hollow erwähnt.

„Wer ist das?", flüsterte sie Clint zu, der aus

161

vollem Hals mitsang.

Er beugte sich zu ihr hinunter. „Wer?", flüsterte er.

„Die zierliche junge Frau da im Chor."

„Oh, das ist Lilly Tipps."

„Aha."

Clint hörte die Verwirrung in ihrer Stimme. „Sie lebt am Ortsrand in der Nähe der Gemeindegrenze. Wir sehen sie meistens nur sonntags oder wenn sie in den Ort kommt, um Viehfutter zu kaufen."

„Ist sie verheiratet?" Lacy wusste, dass es sich nicht gehörte, in der Kirche zu tuscheln, doch sie war einfach zu neugierig.

„Lilly verheiratet? Nein. Das erste Mal war schon ein Wunder. Ein zweites Mal wird das nicht passieren." Clint schüttelte den Kopf und sang weiter.

Auch wenn ihre Neugier nicht befriedigt war – besonders, da Lilly aussah, als wäre sie etwa im 6. Monat schwanger, verkniff sie sich weitere Fragen. Stattdessen stimmte sie in das Lied mit ein und lächelte Clint an, als sie beide ziemlich schief zusammen sangen.

„Das war furchtbar", flüsterte Clint, als sie sich setzte und Pastor Lewis an den Ambo trat.

„Und wie", kicherte sie und beobachtete, wie der Chor zu den Sitzreihen zurückkehrte. Esther Mae, deren roter Haarturm sich nach links neigte, zwinkerte ihnen zu, als sie zu ihrem Ehemann ging. Lacy beobachtete, wie Lilly Tipps auf der anderen Seite der Kirche auf einer leeren Bank beim Seitenausgang Platz nahm. Lacy kam zu dem Schluss, dass Lilly Tipps jemand war, den sie kennenlernen wollte.

Zu ihrer Enttäuschung verschwand sie jedoch sofort nach Ende des Gottesdienstes durch die Seitentür und war nirgends zu sehen, als Lacy nach draußen kam.

Lacy hatte gehofft, sich vielleicht mit ihr anfreunden zu können, doch das musste sie wohl ein andermal versuchen.

„Lacy", sagte Sheri, als sie Lacy mit J.P. auf den Parkplatz folgte. „Ich gehe mit J.P. picknicken. Hast du Lust, mitzukommen?"

Das Letzte, was Lucy jedoch wollte, war das fünfte Rad am Wagen zu sein. „Nein, danke. Ich will nur nach Hause und es mir mit einem Buch gemütlich machen. Aber ich wünsche euch beiden viel Spaß."

Sheri umarmte sie, dann folgte sie J.P. wie ein aufgeregtes Schulmädchen zu seinem Truck. Das Landleben schien Sheri zu gefallen, und das war gut so, auch wenn Lacy zugeben musste, dass sie die Gesellschaft ihrer Freundin vermisste. Seit sie nach Mule Hollow gekommen waren, sahen sie einander weniger, als zu der Zeit, als sie noch in Dallas gelebt hatten. Es war seltsam, dass sie sich in diesem kleinen Ort einsamer fühlte als in der Großstadt.

„Hey Lacy, warte!"

Lacy war gerade an ihrem Caddy angekommen. Als sie sich umdrehte, kam Clint auf sie zu geeilt.

„Du scheinst verlassen worden zu sein."

„Das könnte man so sagen", sagte sie und hoffte, dass ihre Stimme die Einsamkeit, die sie empfand, nicht verraten würde.

„Bist du okay? Du klingst ein bisschen niedergeschlagen."

So viel dazu… „Ich bin nur ein bisschen nachdenklich. Das ist alles."

Clint senkte den Kopf und sah ihr in die Augen. „Also … ich bin dir was schuldig, weil du Flossys Kalb gerettet hast, und hab mich gefragt, ob du vielleicht mit mir zu Mittag essen willst?"

„Du bist mir nichts schuldig. Du hast mich vor dem Sturm gerettet und meine Haarwaschplätze für mich installiert. Mathe ist nicht meine Stärke, aber so wie ich das sehe, sind wir quitt."

„Willst du Junior nicht sehen?"

Sie lächelte. „Oh, das Kälbchen würde ich gerne sehen. Es geht ihm doch gut, oder?" Das Angebot war verlockend.

„Wächst wie Unkraut. Komm mit mir zur Ranch. Ich grille uns ein paar Steaks, und dann gehen wir den Kleinen besuchen. Ich verspreche dir auch, meine Hände bei mir zu behalten, wenn du dir deswegen Sorgen machst."

Lacys Stimmung besserte sich schlagartig, und sie lachte. „Wenn das so ist, gerne, Cowboy."

Clint beobachtete Lacy, als sie die weißgelockte Stirn des Kälbchens kraulte. Ihre blauen Augen funkelten begeistert, als Junior sie mit seiner feuchten Nase anstupste.

Clint lehnte sich gegen die Stalltür und ihm stockte der Atem, als Lacy ihn mit glitzernden Augen ansah. Gerade, als sich ihre Blicke begegneten, stieß Junior ihr mit dem Kopf gegen die Rippen, und sie fiel um. Die meisten Frauen hätten geschrien, wenn sie im Heu gelandet wären, doch Lacy lachte schallend und schob das ungestüme Kälbchen von sich.

„Ich hab dir ja gesagt, dass es ihm gut geht", sagte er und streckte die Hand aus, um sie hochzuziehen, während er das Kälbchen mit der anderen Hand zurückhielt.

„Das sehe ich", kicherte sie atemlos und ergriff seine Hand. „Ich bin so froh, dass er es gut überstanden hat."

Das Kälbchen stupste Lacys Hüfte. „Ich glaube, er hat sich in dich verliebt", sagte Clint lächelnd. „Komm, lass uns gehen, bevor du dir noch wehtust."

Er zog sie aus der Box und schloss schnell die Tür, damit Junior ihnen nicht folgen konnte. Lacys Lachen perlte über Clint wie ein Sonnenstrahl, der an einem grauen Tag durch die Wolken brach. Er fühlte sich zu ihr hingezogen wie er es noch nie zuvor gespürt hatte. Und auch, wenn in seiner Schreibtischschublade die Erinnerung lag, warum er die Finger von ihr lassen sollte, konnte er es einfach nicht.

„Womit hast du ihn gefüttert?", fragte sie, als sie nebeneinander her zum Haus gingen. „Er ist so stark wie ein Ochse."

„Ich habe nichts damit zu tun. Er erkennt einfach eine hübsche Lady, wenn er eine sieht."

„Willst du mir etwa schmeicheln, Mr. Matlock?", fragte sie und warf ihm einen Seitenblick zu. Ihr weißblondes Haar glänzte in der Sonne, und ihr Lächeln blitzte ihn an.

„Ich sage nur, wie es ist, *Miss Brown*. Dein Sonnenbrand ist auch besser. Ein bisschen Bräune steht dir. Ich hatte schon befürchtet, dass sich deine Haut schälen würde."

„Ich auch. Aber normalerweise verbrenne ich nicht – es sei denn, ich übertreibe es wirklich. Du scheinst mich gerade rechtzeitig aus der Sonne geholt zu haben." Sie blieb stehen und legte ihre Hand auf seinen Unterarm. „Danke, dass du zu meiner Rettung geeilt bist. Schon wieder, meine ich."

Clint drückte ihre Hand und führte sie einen Natursteinpfad entlang um sein Haus herum zu einer Veranda. Die Aussicht war atemberaubend schön. Grüne Weiden mit braunem und schwarzem Vieh darauf erstreckten sich über sanfte Hügel, unterbrochen von einem plätschernden Bach, der sich durch die Landschaft wand.

„Oh, Clint. Was für ein Schatz", staunte sie.

Er trat auf die Veranda und bot ihr einen Stuhl am Tisch an. Er arbeitete hart, um sein Haus zu einem schönen Zuhause zu machen, und es freute ihn zu hören, dass sie es bewunderte.

„Mein Dad hat die Stelle vor vierzig Jahren ausgesucht." Seit dem Tod seines Vaters hatte Clint das Haus laufend renoviert und jetzt, wo er so viel Arbeit investiert hatte, wusste er den Standort noch mehr zu schätzen.

Lacy setzte sich in den Korbsessel, den er ihr anbot.

„Das sieht interessant aus", sagte sie und strich

mit den Händen über den Tisch. „Was ist das für ein Holz?"

„Mesquite."

„Du meinst, dieses Gestrüpp mit dem furchtbaren Blütenstaub?"

„Genau das." Clint ging zu seinem riesigen Grill, um die Steaks darauf zu legen.

„Wow, wer würde glauben, dass man sowas Schönes aus etwas so–"

„Nutzlosem machen kann", beendete Clint den Satz für sie.

„Genau. Wieder mal eine Erinnerung daran, dass Schönheit allem innewohnt. Manchmal braucht es einfach eine Säge und jede Menge Polieren, um sie hervorzubringen."

Clint lächelte. Das war so typisch für Lacy. Sie sah immer das große Ganze.

Er arbeitete an der Steinarbeitsfläche an den Steaks.

„Lass mich auch was machen", sagte Lucy und ging zu ihm. „Ich kann helfen."

„Okay, dann kannst du in die Küche gehen und den Salat rausbringen. Er steht im Kühlschrank. Und kannst du bitte auch das Tablett mit dem Käse und der Butter für die Kartoffeln mit rausbringen?"

„Klar, bin gleich wieder da."

Er blickte ihr nach, als sie gut gelaunt ins Haus ging. Vorhin in der Kirche war es ihm schwergefallen, sich zu konzentrieren. Genau wie er traf sie kaum einen Ton, doch sie hatten mit einem Lächeln im Gesicht und Freude im Herzen gesungen. Es hatte sich richtig angefühlt, doch genau das machte ihm Sorgen. Er fing an, Lacy in einem besseren Licht zu betrachten als vor ein paar Wochen, als sie in den Ort gekommen war. Dennoch wehrte er sich gegen seine Gefühle ihr gegenüber.

Gedanken an den Brief, der in der Schreibtischschublade in seinem Büro Staub fing, erinnerten ihn daran, dass sich alles von einem Augenblick zum anderen ändern konnte. Seine Mutter hatte ihn das gelehrt.

Er verdrängte die Gedanken an den Brief von seiner Mutter, entschlossen, Lacy eine Chance zu geben, und zwang sich, das Gute zu sehen, das Lacy bewirkt hatte, seit sie nach Mule Hollow gekommen war.

Trotz seiner Vorbehalte hatte er angefangen zu glauben, dass ihre Ideen und ihre Energie dem Ort guttun würden. Während der Predigt war ihm aufgefallen, dass sie nachdenklich geworden war, und er fragte sich, ob irgendetwas in der Botschaft sie beschäftigt hatte.

„Wow", sagte sie, als sie beladen wieder nach draußen kam. „Dein Haus sieht aus, als käme es direkt aus einer Musterhaussiedlung."

„Danke. Ich habe viel Arbeit reingesteckt."

„Das sieht man." Sie stellte den Salat und das Tablett mit dem Käse ab.

„Lacy, darf ich dich was fragen?" Er sah sie an, verschränkte seine Arme und lehnte sich an die Arbeitsfläche.

„Klar, frag nur."

„Hat dich heute Morgen beim Gottesdienst irgendwas belastet? Ich würde gerne helfen."

Einen Moment sah er einen Anflug von Unsicherheit in ihren Augen, dann wandte sie den Blick ab.

„Ich bin ein bisschen verwirrt, das ist alles."

„Ich bin ein guter Zuhörer."

Sie holte tief Luft und spielte mit einer Serviette, legte sie beiseite und trommelte mit ihren violett lackierten Fingernägeln ungeduldig auf den Tisch. „Okay, die Sache ist die." Sie ging zur Brüstung der Veranda und ließ den Blick über die Landschaft schweifen. Die sanfte Brise spielte mit ihren Haaren, als sie sich ihm wieder zuwandte. „Du weißt, was für ein Mundwerk ich habe. Ich meine, ich fluche nicht, nur eine große Klappe… ich bin mir sicher, dass dir das schon aufgefallen ist."

Clint lachte. „Ein bisschen vielleicht."

Sie schnitt eine Grimasse, dann fing sie an, auf und ab zu gehen. Clint genoss es, sie zu beobachten. Sie trug ein Midikleid, das wie das, das sie in der Nacht der Flut getragen hatte, ihre Waden umspielte. Ihre Miene war aufgewühlt, als sie sich zu ihm umdrehte.

„Ich werde von jetzt an netter sein."

„Bedeutet das, dass es zwischen uns jetzt langweilig wird?" Er war beinahe enttäuscht beim Gedanken, dass sie sich ändern könnte. Überraschend, aber wahr. Er nahm die Steaks vom Grill, legte die in Alufolie gewickelten Kartoffeln auf die Teller und brachte sie zum Tisch.

Lacy folgte ihm und nahm Platz. „Machst du Witze?"

„Lacy, ich glaube, dass es in deiner Nähe nie wirklich langweilig wird. Nicht in einem Radius von hundert Meilen."

Lacy lachte. „Ich hoffe, dass ist etwas Gutes."

„Etwas sehr Gutes sogar." Er fragte sich, worauf er sich einließ, wenn er sich mit ihr anfreundete.

„Aber…", fuhr Lacy nachdenklich fort. „Ich würde gerne meine große Klappe ein bisschen zähmen."

Er lud Käse und Butter auf seine gebackene Kartoffel, dann hielt er inne. „Glaubst du wirklich, dass deine Direktheit so schlimm ist?"

Lacy sah ihn an. „Vielleicht."

„Wie kommst du darauf?" Er schob sich ein Stück Steak in den Mund und beobachtete sie beim Nachdenken über seine Frage. Mann, sie war niedlich, wenn sie in Gedanken versunken war.

Sie deutete mit der Gabel auf ihn und lächelte. „Bist du sicher, dass du hören willst, warum ich nicht den Anforderungen gerecht werde?"

„Ja, bitte."

Sie meinte es ernst. Die unbeschwerte Lacy Brown glaubte tatsächlich, dass sie nicht gut genug war. Der Gedanke traf Clint wie ein Vorschlaghammer. Das hätte er sicher nicht von ihr erwartet, denn sie wirkte so selbstbewusst.

„Die Liste ist endlos. Lass uns einfach sagen, dass ich mich ziemlich niedergeschlagen fühle, wenn meine Begeisterung mich auf den falschen Pfad führt. Du kannst dir nicht vorstellen, wie oft ich mir wünsche, in der Lage zu sein, zuerst zu denken und dann zu handeln."

„Begeisterung ist doch gut. Es macht Spaß, dir zuzusehen." Er konnte nicht fassen, dass er das sagte, doch es war so. Sie war so voller Leben. Wer würde sich nicht wünschen, selbst so zu sein? „Du hast Humor, Lacy Brown."

„Du auch." Sie lächelte, als sie ihr Steak schnitt.

„Mein Dad hat mir das beigebracht." Clint schob sich einen weiteren Bissen in den Mund und ließ die Erinnerungen an seinen Dad auf sich wirken.

„Er muss ein wunderbarer Mann gewesen sein."

Clint lächelte. „Der Beste. Ich hätte mir keinen besseren Dad wünschen können. Nicht, dass wir immer einer Meinung gewesen wären, doch–" Clint hielt inne, denn plötzlich schmerzte sein Herz. Er war heute seltsam emotional, und seine Gefühle waren beinahe zu viel für ihn. „Selbst, wenn er mir nicht jeden Tag gesagt hat, dass er mich liebte, wusste ich es."

Lacy legte ihre Gabel ab und legte ihre zarte Hand auf seine. „Kinder spüren das. Liebe ist ein Gefühl, das nicht immer Worte braucht." Sie drückte seine Hand, dann ließ sie sie wieder los und breitete ihre Serviette auf ihrem Schoß aus, bevor sie ihre Gabel wieder aufhob. „Ich sehe das andauernd in meinem Salon. Die Leute – besonders Männer – reden über ihre Kinder, und auch wenn sie nicht herausposaunen, wie sehr sie sie lieben, sieht man es daran, wie sie über sie reden, wie sie sich ausdrücken. Es ist in ihren Augen."

Clint begegnete ihrem Blick. Er hätte ihr für immer und ewig zuhören können.

Sie neigte den Kopf und lächelte. „Meine Mom war anders. Sie hat mir fast stündlich gesagt, wie sehr sie mich liebt. Ich glaube, das hatte damit zu tun, dass mein Dad uns verlassen hat. Ich glaube, sie wollte mir damit zeigen, dass sie immer für mich da sein würde. Aber sie hätte sich deswegen keine Sorgen machen müssen, ich wusste es."

„Wo ist deine Mom jetzt?"

„Sie hat wieder geheiratet und ist nach Oklahoma gezogen. Sie ist sehr glücklich. Sie war begeistert, als ich ihr erzählt habe, dass ich nach Mule Hollow gehe."

„Wirklich? Sie hat sich keine Sorgen um dich gemacht?"

„Vielleicht schon, aber wenn, dann hat sie es mir nicht gesagt. Sie hat sich schon vor langer Zeit an meine verrückten Ideen gewöhnt."

Clint dachte einen Moment darüber nach.

„Dein Steak ist der Hammer", strahlte Lacy. „Wirklich gut."

Clint verdrängte seine Ängste und weigerte sich, sich davon den schönen Nachmittag verderben zu lassen. „Wenn du weiter so nett bist, vertraue ich dir vielleicht irgendwann das Geheimnis meiner Steaks an." Er war dankbar, dass sie das Thema gewechselt hatte. Er war nur ein Mensch, und er mochte ihre spielerische Art.

„Wenn du mir dein Geheimnis erzählst, dann gebe ich dir mein Geheimrezept für den besten süßen Beerenauflauf der Welt."

Clint lehnte sich zurück und verschränkte seine Hände hinter seinem Kopf. „Beerenauflauf, sagst du? Lass mich darüber nachdenken. Du kannst kochen? Beerenauflauf?"

„Seltsam aber wahr."

„Das musst du mir beweisen, bevor ich dir meine Geheimnisse anvertraue."

„Dann haben wir einen Deal, Cowboy."

KAPITEL ELF

Eingewickelt in ihre Gänseblümchenbettwäsche, drehte sich Lacy auf den Rücken, als der Montagmorgensonnenschein durch ihr Schlafzimmerfenster fiel. Es war der erste Tag einer neuen Woche. Sie streckte sich wie ein Kätzchen in der Sonne und rieb sich die Augen, dann setzte sie sich auf und schwang die Beine über die Bettkante. Sie liebte den frühen Morgen. Sie ging ins Bad, putzte sich die Zähne und fuhr sich mit nassen Händen durch die Haare, um ihre natürlichen Locken zu entwirren, dann ging sie in die Küche, um Kaffee zu kochen.

Wenig später ließ sie sich auf der Hollywoodschaukel nieder und genoss den Morgen bei einer Tasse Kaffee.

Sie dachte über das nach, was Clint über ihre Begeisterung gesagt hatte – dass sie ihm gefiel. Das hätte sie nicht von ihm erwartet. Dieser Mann war ihr ein Rätsel. Sie fragte sich, was aus seiner Mom geworden war, nachdem sie ihn im Stich gelassen hatte. Sie fragte sich außerdem, was er seiner Mutter gegenüber empfand. Hatte er sie je wiedergesehen? Hatte er ihr vergeben?

Es war eine große Frage, die Lacy verstand. Sie hatte ihrem Vater vergeben, dass er sie abgeschoben hatte, um ein anderes Leben anzufangen. Gedankenverloren ließ Lacy den Blick über den Garten schweifen. Nachdem ihr Dad gegangen war, hatte sie ihn nie wiedergesehen. Es hatte lange gedauert, bis sie verstanden hatte, dass sie ihrem Vater vergeben musste, selbst wenn sie es nicht von Angesicht zu Angesicht tun konnte. Selbst, wenn er sie nicht um Vergebung gebeten hatte. Es interessierte ihn wahrscheinlich nicht einmal.

Sie wurde das Gefühl nicht los, das Clint auf irgendeine Weise Frieden mit seiner Mutter schließen musste.

Lacy und Sheri kamen zu Adelas Haus, um Pläne zu schmieden und danach Mule Hollows neu eröffnetes Apartmentgebäude/Pension zu besichtigen. Das alte Howard Haus war 1904 von Adelas Großvater mütterlicherseits gebaut worden. Da es damals als Pension eröffnet worden war, war Adela begeistert, den Kreis zu schließen. Nach der Renovierung beherbergte es sechs Einzimmerapartments, und es gab zwei Einzelzimmer für Pensionsgäste, die nur kurz blieben. Das Haus hatte eine riesige Küche und einen Speiseraum, und auch wenn Adela und ihr Mann ihre drei Kinder hier großgezogen hatten, war das Haus viel zu groß für Adela gewesen, nachdem ihre Kinder ausgezogen waren und ihr Mann gestorben war. Seit zehn Jahren lebte sie in einem kleinen Haus nebenan. Als sie Sheri und Lacy an der Tür begrüßte, hatte sie Tränen in den Augen.

Lacy stockte der Atem, als Sheri und sie durch die Tür traten. Die Holzarbeiten waren restauriert worden, und der dunkle Holzboden glänzte. Die Treppe, die die drei Stockwerke erschloss, wand sich erhaben vom Foyer in die Höhe.

„Adela, das ist wunderschön!", rief Sheri aus, bevor Lacy etwas sagen konnte.

„Oh Adela", staunte Lacy. „Dieses Haus ist ein Schatz!"

„Kommt rein", lud Adela sie ein. „Ich bin so begeistert von dem Ergebnis der Renovierungsarbeiten, dass ich platzen könnte. Meinem Großvater würde gefallen, dass jetzt bald wieder jemand in seinem Haus wohnen wird. Viele der Schnitzereien hat er selbst gemacht."

Sie folgten ihr durch die großzügigen Räume mit Antiquitäten und weißen Vorhängen. Überall standen bauschige Samtsofas, die einen einluden, sich niederzulassen und ein Buch aus einem der vielen Bücherregale zu lesen. Lacy konnte sich das Haus voller Leben vorstellen.

In der Küche polierten Norma Sue und Esther Mae Besteck. Ihr Geplapper wehte durch das Haus, und Lacy lachte, als sie näherkamen.

„Nachdem wir so viel stehen werden, habe ich mir Snickers mit Vibram Sohlen gekauft", sagte Esther Mae gerade, als Lacy in die Küche kam. „Die sollen besonders gut sein, wenn man den ganzen Tag auf den Beinen ist."

Norma Sue hielt mit dem Polieren inne. „Das sind Sneaker, Esther Mae."

„Naja, auf jeden Fall sind die bequem. Fühlt sich an, wie wenn man auf Wolken geht. Und schaut" – sie hob ihr Bein – „süß sind sie auch noch. Lacy, du musst dir auch welche besorgen, wenn du den ganzen Tag in deinem Salon stehst."

„Gute Idee, danke für den Rat." Lacy zog einen Hocker heraus und setzte sich an die Bar.

„Aber Snickers würde ich nicht nehmen, es sei

denn natürlich, du *stehst* auf Schokolade", kicherte Norma Sue.

Alle anderen lachten, und Esther Mae wurde so rot wie ihre Haare.

Während Lacy beim Polieren des Bestecks half, machten Adela und Sheri Sandwiches und Eistee. Nachdem sie das Essen an den Tisch gebracht hatten, nahmen alle Platz.

„Ich habe eine Überraschung", sagte Adela und reichte die Platte mit den Sandwiches herum. „Drei der Apartments sind schon vermietet, und die zwei Gästezimmer sind auch schon für das Wochenende des Jahrmarkts gebucht."

„Halleluja!", rief Norma Sue.

„Sheri, ich habe dir ja gesagt, dass sie kommen würden", strahlte Lucy und ließ sich von Sheri umarmen.

„Ich hatte gehofft, dass du Recht behalten würdest", sagte Sheri strahlend.

Esther Mae tätschelte ihre Turmfrisur und seufzte. „Ich kann es kaum erwarten. Wann kommen sie?"

„Lasst uns sehen. Ashby Templeton kommt Ende nächster Woche aus Kalifornien hierher. Sie ist diejenige, die eine Boutique eröffnen will. Sie sagt, sie hat die Nase voll von der Stadt und hat nach einem Ort gesucht, an dem sie einen Laden eröffnen kann. Sie hat eine Webseite, auf der sie ihre Kleider verkauft. und macht guten Umsatz da. Darum ist sie eine perfekte Kandidatin."

Alle lächelten begeistert und warteten darauf, dass Adela fortfuhr.

„Zwei der Apartments sind an Lehrerinnen vermietet. Die Anzeige war das perfekte Timing, da neue Lehrer eingestellt wurden, die noch nicht hierhergezogen sind, darum haben sich die beiden entschlossen, uns eine Chance zu geben. Und das letzte Zimmer ist für eine Kolumnistin und Freelancereporterin der *Houston Times*. Sie heißt Molly Popp. Ist das nicht ein süßer Name? Erinnert mich an einen alten Song über Lollipops. Sie sagt, dass sie viel reist, es aber leid ist und darüber nachdenkt, sich niederzulassen und ein Buch zu schreiben. Sie mietet erst einmal eins der Zimmer, doch wenn es ihr hier gefällt und sie sich entscheidet zu bleiben, wird sie eins der Apartments mieten. Könnt ihr euch das vorstellen? Vielleicht wird sie sich auch hier niederlassen!"

Alle klatschten. und sie hob die Hand, um sie zur Ruhe zu rufen. „Aber es wird noch besser. In ihrer Kolumne diese Woche wird sie den Jahrmarkt erwähnen und Singlefrauen und sogar Familien dazu ermuntern, herzukommen. Und *danach* schreibt sie einen Artikel über den Erfolg des Jahrmarkts."

Lacys Herz pochte bei dem Gedanken, dass Mule Hollow kein trauriges kleines Kaff mehr sein würde. Das hier war erst der Anfang.

Am Mittwoch hatte Adela um Hilfe gebeten, und jetzt standen alle Einwohner von Mule Hollow auf der Hauptstraße, bereit, loszulegen.

Wenn Leute kommen würden – und es hörte sich ganz so an – dann wollten die Ladys auch, dass sie blieben. Das bedeutete, dass Mule Hollow sie mit mehr als einem melancholischen Seufzer begrüßen musste. Der Ort musste ihre Aufmerksamkeit fesseln und vom ersten Moment dazu einladen, hier Wurzeln zu schlagen. Die Ladys und Lacy hatten entschieden, dass es an der Zeit war, dem ganzen Ort einen neuen Anstrich zu verpassen.

Lacy war beeindruckt. Wenn Adela sprach, hörten die Leute. Alle Rancher und Cowboys innerhalb eines Zwanzigmeilenradius' warteten mit Farbeimern und Pinseln auf ihr Kommando. Jeder Parkplatz entlang der Straße war belegt.

Und Clint war auch da.

Er war früh mit einer ganzen Kolonne von Pickups gekommen. Er hatte geholfen, die Tische und die Farbeimer zu organisieren, die Pete ihnen zum Einkaufspreis verkauft hatte. Jetzt war es Zeit, die

Eimer zu öffnen.

„Lasst euch nicht allzu sehr irritieren, wenn ihr die Deckel öffnet." Lacy sah sich mit funkelnden Augen in der Menge um, dann öffnete sie den ersten Deckel eines Eimers voller kanariengelber Farbe. Die Männer blickten geschockt, doch nach wie vor motiviert drein. Als sie jedoch einen Eimer mit himbeerrosa Farbe öffnete, wichen alle einen Schritt zurück.

„Oh nein, ihr bleibt hier. Ich verspreche euch, dass diese Farben ganz perfekt sein werden." Sie konnte sehen, dass sie ihr nicht glaubten. Clint stand am Rand der Gruppe, seinen Stetson tief ins Gesicht gezogen und die Arme vor der Brust verschränkt. Der Hut warf einen Schatten über seine Augen, doch sie konnte das Schmunzeln seiner vollen Lippen sehen. Mutig öffnete sie die anderen Eimer.

„Miss Lacy, sollen wir die Fassaden wirklich in *diesen* Farben streichen?", fragte jemand.

„Ja, das sollen wir." Lacy straffte ihre Schultern, blickte einem Cowboy nach dem anderen ins Gesicht und forderte sie heraus, ihr zu glauben. „Ich verspreche euch, dass das funktionieren wird. Mule Hollow wird der glücklichste Ort in Texas werden. Schon aus zehn Meilen Entfernung werden wir am Horizont strahlen."

„So viel ist sicher", bemerkte jemand trocken, und alle lachten. Lacy lächelte; damit hatte sie gerechnet.

„Schaut euch mein Haus an. Ich wette, als ich angefangen habe, es zu streichen, hat niemand geglaubt, dass es so gut aussehen würde, wie es das jetzt tut." Niemand sagte etwas. „Okay", fuhr sie fort. „Auf der Strecke zwischen Houston und Huntsville gibt es einen etwa neun Meilen langen Straßenabschnitt, und zu Ehren von General Sam Houston steht da eine gigantische Statue von ihm am Eingang des Staatsparks. Sie ist erst vor ein paar Jahren errichtet worden, doch bevor sie da war, war das eine furchtbar langweilige Strecke, die sich ewig hinzuziehen schien – besonders für die Kinder war es entsetzlich langweilig. Dann hatte jemand die Idee, dieses Denkmal zu errichten." Sie ging zwischen die Männer, während sie weitersprach. „Die Statue ist riesig." Sie machte eine ausladende Geste. Alle lauschten. „Wenn man jetzt über den Hügel kommt und diese furchtbar lange Gerade sieht, ist da ein weißer Punkt, kurz, bevor die Straße hinter einer Kurve verschwindet. *Ein weißer Punkt.*" Sie hielt inne und stemmte die Hände in die Hüften. „Ich weiß, ich weiß. Jetzt fragt ihr euch, was ein weißer Punkt schon ändert, nicht wahr? Um ehrlich zu sein, nicht viel. Doch die Leute sehen diesen Punkt und versuchen auszumachen, was das ist, und sie fragen *was ist das?* Und dann fahren sie, beschäftigt mit Mutmaßungen, was das da am Horizont ist, und die Meilen fliegen geradezu vorbei."

Sie kehrte wieder zu den Farbeimern zurück. „Und wenn sie näherkommen, nimmt der weiße Punkt Gestalt an, und bald erkennen sie ihn. General Sam Houston – und ihn anzusehen ist so cool. Er hat sogar eine Warze an der Nase. Viele Leute, die sonst am Parkeingang vorbeigefahren wären, halten jetzt an, um sich das Denkmal anzusehen. Doch was hat das jetzt mit uns zu tun, mit Mule Hollow? Alles! Was habt ihr immer gesehen, wenn ihr auf fünf Meilen an den Ort herangekommen seid?"

„Ein paar hässliche braune Gebäude", sagte Clint und schob seinen Stetson zurück.

Lacy nickte strahlend. „Ganz genau. Langweiliges, schmutzigbraunes Holz. Und was seht ihr jetzt?"

„Definitiv nichts Weißes", bemerkte J.P. grinsend. „Aber irgendwie gefällt mir Ihr rosa Haus zwischen all dem Braun. Irgendwie freue ich mich jetzt darauf, es zu sehen."

„Oh wirklich? Ich meine, *ja*. Genau das meine ich." Lacy strahlte, als die Männer anfingen zu nicken und J.P zustimmten. Als Clint sich an den Hut tippte und sie anlächelte, pochte ihr Herz noch schneller. „Okay", sagte sie. „Dann lasst uns streichen."

185

Sie war damit beschäftigt, die Männer in kleine Gruppen einzuteilen und ihnen zu zeigen, wie ansprechend jedes frisch gestrichene Gebäude sein würde mit den richtigen Kontrasten. Sie sah ihre Vision zum Leben erwachen, als die Augen der Männer zu leuchten begannen. Sie freute sich, als alle begannen, sich für die Idee zu erwärmen.

Bevor sie sich an die Arbeit machten, kam Sams Nichte Amy mit einer Wagenladung ihrer Freundinnen in den Ort. Die Studentinnen wollten sich die Gelegenheit nicht entgehen lassen, einen Haufen Adonisse aus der Nähe zu sehen, wie sie Lacy bei der Begrüßung erklärte.

Clint leitete den Trupp, der die morschen Gehsteigplanken und zerbrochene Fenster austauschte, und Lacy ertappte sich dabei, wie sie innehielt und ihn dabei beobachtete.

Er konnte gut mit Säge und Hammer umgehen. Norma Sue hatte vorgeschlagen, ihm die Koordination aller Holzarbeiten zu übertragen, nachdem sie Lacy erzählt hatte, dass er sein Haus so gut wie allein renoviert hatte.

Lacy war beeindruckt gewesen von seinem Haus. Sie fragte sich, warum er ihr nicht erzählt hatte, dass er das alles gemacht hatte. Sie hatte ein paar Bemerkungen über die Ausstattung gemacht, als sie da gewesen war – wie zum Beispiel die Outdoor-Küche mit dem Natursteinboden, wo sie zu Mittag gegessen hatten. Norma hatte ihr erzählt, dass er das Projekt erst im letzten Winter abgeschlossen hatte. Nachdem die Tage kürzer waren, hatte er sich Arbeit zu Hause gesucht. Er war bescheiden, und auch wenn es aussah, als hätte ein Profi die Arbeit gemacht, hatte Clint nicht damit geprahlt.

Lacy wandte sich wieder dem Streichen zu. Ihr gefiel die himbeerrosa Farbe, mit der sie das Gebäude neben ihrem Salon strich. Sie musste sich immer öfter daran erinnern, dass sie nicht nach Mule Hollow gekommen war, um über Clint Matlock nachzudenken. Doch immer wieder ertappte sie ihn dabei, dass er sie beobachtete, und immer, wenn das geschah, tippte er sich an den Hut und schenkte ihr dieses Lächeln, das alles erhellte.

Es war wirklich schwer, nicht daran zu denken und sich in ihrer Verwirrung zu verlieren. Doch sie zwang sich, Spaß zu haben wie alle anderen auch. Es war beinahe wie ein Jahrmarktstag ohne Stände.

Adela und Esther Mae brachten den ganzen Tag immer wieder Cola, Sandwiches und frittiertes Hühnchen, während Norma Sue dafür sorgte, dass die Farbe nicht ausging. Pete, ein kerniger alter Mann, der gerne und viel lächelte, stand herum und erzählte

Witze, wann immer jemand zuhörte, während er beobachtete, wie sein altes, vom Wetter arg mitgenommenes Gebäude einen grasgrünen Anstrich mit zartgelben Zierleisten bekam. Als es fertig war, war Lacy begeistert. Es sah fantastisch aus! Genau, wie sie es sich am ersten Morgen vorgestellt hatte, als sie den Ort von ihrem Caddy aus das erste Mal gesehen hatte.

Doch das Beste war, dass die leuchtenden Farben Begeisterung in die staubigen Straßen von Mule Hollow brachten. Die Studentinnen sagten immer wieder, wieviel Spaß sie hatten und wie viel hübscher die frisch gestrichenen Gebäude den Ort machten. Und nicht ein Mensch beschwerte sich über die Farben.

Clint führte sein Pferd über das ausgetrocknete Flussbett und auf der anderen Seite der Schlucht wieder hinauf. Er hatte drei Tage lang die Ranch vernachlässigt, als er und seine Ranchhelfer geholfen hatten, den Ort zu streichen.

Jetzt kontrollierte er die abgelegensten Weiden nach Reifenspuren und zerschnittenen Zäunen. Ein weiterer Grund, warum er hierhergekommen war, war, um nachzudenken.

Er konnte nicht leugnen, wie viel Spaß es ihm

gemacht hatte, Lacy Brown in Aktion zu sehen. Diese Frau war schon etwas Besonderes. Sie hatte den neuen Anstrich mit so viel Begeisterung durchgesetzt, dass selbst der skeptischste Ortsbewohner angefangen hatte, an das zu glauben, was sie damit erreichen wollte.

Die Metamorphose, die die Hauptstraße in den letzten drei Tagen durchgemacht hatte, war unglaublich. Einst traurig mit der Atmosphäre einer Geisterstadt wirkte der Ort jetzt freundlich und einladend. Sie hatte ihn gebeten, Blumenkästen für die Fenster im ersten Stock zu bauen, und sie mit echt wirkenden bunten Kunstblumen gefüllt. Clint hatte sich von der Begeisterung mitreißen lassen und mit ein paar Planken Picknicktische und Bänke zusammengezimmert, die jetzt vor Sam's Diner und Petes Futterladen standen. Jemand hatte sogar fröhlich karierte Tischdecken organisiert, und Blumen zierten die Tische vor dem Diner.

Er schmunzelte, als er an die Mienen der Männer dachte, als Lacy die Deckel der Farbeimer abgenommen hatte. Einen Moment lang hatte er geglaubt, dass sie davonlaufen würden. Doch Lacy hatte sie dazu überredet, ihren Ideen eine Chance zu geben.

Ein Blick in ihre funkelnden Augen und er war gefangen gewesen. Trotz seiner anfänglichen

Bedenken, kam er langsam zu dem Schluss, dass Lacy mit seiner Mutter zu vergleichen falsch gewesen war. Lacy strahlte eine Aufrichtigkeit aus in allem, was sie tat. Und dass sie ihr Mundwerk zügeln wollte fand er rührend – und die Tatsache, dass sie das Richtige tun wollte in einer Welt, in der es Ausreden für alles gab, sprach Bände über ihren Charakter. Sie schien wirklich etwas Gutes bewirken zu wollen.

Clint brachte sein Pferd zum Stehen, denn von oberhalb der Schlucht konnte man einen Großteil seiner Ranch überblicken. Alles Land, das man von hier sah, gehörte ihm. Er war fünfunddreißig Jahre alt und müde. Er war es leid, dass er den ganzen Tag arbeitete, um dann in ein leeres Haus zurückzukehren. Er war es leid, an Projekten für sein Haus zu arbeiten, wenn es niemanden gab, mit dem er es teilen konnte. Er war es leid, allein in einem großen Doppelbett zu schlafen. Was nutzte all sein Besitz, wenn es niemanden gab, mit dem er ihn teilen konnte, und er kein Kind hatte, dem er alles hinterlassen konnte?

Seine Mutter war mit dem Besitzer eines kleinen Zirkus' weggelaufen, der vor Mule Hollow sein Winterlager aufgeschlagen hatte. Clint war gerade einmal acht Jahre alt gewesen, doch alt genug, um zu wissen, dass seine Mutter nicht glücklich war. Es hatte eine Zeit gegeben, da war sie so lebenslustig gewesen, dass das Haus immer voller Lachen gewesen war. Doch in etwa zur selben Zeit, als der Ort zu sterben begonnen hatte und die ersten Leute wegzogen, hatte auch sie sich verändert.

Viele Freundinnen seiner Mutter waren gezwungen gewesen wegzuziehen, und da sein Dad immer mit der Ranch beschäftigt gewesen war, war sie einsam geworden. Damals hatte er nicht alles verstanden, doch über die Jahre hatte sich das Bild zusammengefügt. Sie *war* einsam gewesen, und der Eigentümer des Zirkus' hatte ihr eine Ablenkung geboten. Sein Vater hatte sich bemüht, Clint davon abzuhalten, ihr die Schuld zu geben, und einen Großteil der Schuld auf sich genommen, weil er sie vernachlässigt hatte.

Der Brief, den er immer noch nicht geöffnet hatte, nagte an seinem Gewissen. Er verdrängte den Gedanken und lenkte sein Pferd auf den Pfad hinunter ins Tal. Der Verrat seiner Mutter hatte seinen Vater zu einem gebrochenen Mann gemacht, der sich in die Arbeit gestürzt hatte, um den Schmerz zu verkraften. Das war sein Leben geworden.

Seit dem Tod seines Vaters waren fünfzehn Jahre vergangen und Clint führte fort, was er begonnen hatte. Arbeit, Arbeit und noch mehr Arbeit. Bis Lacy Brown in sein Leben gestürmt war, hatte er nicht gewusst, wie sehr er sich mehr wünschte.

Doch je mehr er über sie nachdachte, desto mehr fragte er sich, ob das nur eine Phase war, die Lacy durchmachte. Was, wenn Mule Hollow anfing, sie zu langweilen?

Was, wenn er sich in sie verlieben würde, bevor sie wieder verschwand?

KAPITEL ZWÖLF

„Okay, bist du bereit für die große Veränderung?", fragte Lacy Esther Mae, während sie einander im Spiegel ansahen. Lacy hielt ihre Schere über eine feuerrote Haarsträhne. Hinter ihnen sahen Norma Sue, Adela und Sheri erwartungsvoll zu.

Esther Mae kniff die Augen zu und nickte. „Jetzt oder nie. Auf geht's."

Mehr musste Lacy nicht hören. Mit einer schnellen Bewegung machte sie den ersten Schnitt. „Wie fühlt sich das an?"

Esther lächelte. „Wie eine große Erleichterung. Mehr bitte. Ich kann es nicht erwarten, mein neues Ich zu sehen."

„Es kann nur besser werden", rief Norma Sue unter der Trockenhaube hervor, ohne zu bemerken, wie laut sie krähte.

„Du wirst ganz bezaubernd aussehen mit kürzeren Haaren", sagte Adela ruhig vom Maniküretisch, wo Sheri ihre Hände mit einer Paraffinpackung verwöhnte.

Im Hintergrund dudelte Musik, und Lacy schnitt munter drauf los. Vor ihrem inneren Auge konnte sie schon das Endergebnis sehen. Sie hatte Spaß und war glücklich, ihren Salon mit der Beseitigung von Esthers rotem Haarturm eröffnen zu können.

Der Tag des Jahrmarkts rückte näher, alles war perfekt geplant, und ihr Salon war eröffnet. Sie fühlte sich großartig. „Wir sind fast fertig, Esther. Noch ein paar Schnitte hier und da, und dann können wir uns ans Waschen und Föhnen machen."

„Wird mein Makeover so gut sein wie das, das du der Hauptstraße verpasst hast?"

„*Nichts kommt an die Hauptstraße ran!*", rief Norma Sue unter dem Haartrockner hervor.

„Sie wird noch unsere Trommelfelle zum Platzen bringen", kicherte Adela.

„*Was?*", bellte Norma Sue, und als alle lachten, schob Norma Sue die Haube hoch. „Was ist so lustig?"

„Du", sagte Esther. „Du schreist noch den ganzen Ort zusammen."

„Oh", Norma lachte. „Merkst du, dass ich sowas einfach nicht gewohnt bin?"

„Das passiert nicht nur dir, Norma", sagte Lacy. „Viele Leute machen das. Aber jetzt, wo ich hier bin, wird das hier dein zweites Zuhause. Ich werde euch so richtig verwöhnen." Sie wandte sich Esther Mae zu. „Okay, Esther, jetzt nur noch Föhnen und dann sind wir fertig."

Eine halbe Stunde später waren alle sprachlos. „Wow", staunte Esther Mae. „Wer ist das?"

Lacy lächelte stolz. Esthers Haarungetüm war verschwunden und einem sanft gelockten Kurzhaarschnitt gewichen, der ihrem Gesicht schmeichelte. Ihr sonst so rundes Gesicht hatte Konturen, die vorher nicht dagewesen zu sein schienen. Ein fedriger Pony fiel ihr über die Augenbrauen und gab ihr einen viel moderneren Look.

Schließlich fanden alle ihre Stimmen wieder und beglückwünschten Esther Mae zu ihrer neuen Frisur. Lacy war zutiefst befriedigt, und wieder einmal spürte sie, dass sie einen Beruf ergriffen hatte, der ihr ihr ganzes Leben lang Freude bereiten würde.

„Okay, und wann bin ich dran?", fragte Norma Sue.

„Wenn du willst, sofort."

„Hast du eine Idee, was wir mit meinen Borsten anstellen können?"

Lacy lächelte. „Oh ja. Ich habe schon seit unserer

195

ersten Begegnung ein Bild im Kopf."

„Ach so?"

„Ja. Okay, dann komm mal rüber." Norma nahm in Lacys Frisierstuhl Platz. Ihre Haare standen in alle Richtungen, und Lacy fing an, sie zu kämmen.

„Während ich mich um deine Haare kümmere, lasst uns darüber reden, was wir noch für den Jahrmarkt organisieren müssen."

„Ich bringe morgen die Flyer nach Ranger", sagte Sheri. „J.P. kommt mit mir."

„Gut, schaut, dass ihr sie überall verteilt", sagte Norma. „Lacy, schneidest du meine Haare ab?"

„Nein, Norma, nur die Hälfte. Entspann dich bitte."

„Clint liefert die Heuballen zum Sitzen", sagte Adela, während sie sich auf die Auswahl ihres Nagellacks konzentrierte. „Lacy, war schon einer der Männer zum Haareschneiden hier?"

Lacy schüttelte den Kopf. „Sie glauben, das hier ist ein *Schönheitssalon*. Ich werde ordentlich Überzeugungsarbeit leisten müssen, um sie hier rein zu bringen. Wenn du mit jemandem über den Salon sprichst, ist es vielleicht besser, ihn als *Friseurladen* zu bezeichnen."

„Wann kommen eigentlich die Mieter?", fragte Esther, als Sheri ihre Hände in Paraffin tauchte.

Adela blickte auf. „Die ersten kommen am Samstag für den Jahrmarkt."

„Ich hoffe, dass wir viele Besucher anziehen", sagte Esther.

„Oh, das werden wir." Lacy drehte sich zu ihr um. „Denk positiv."

„Und wir sind uns darüber klar, welche Spiele wir anbieten?", fragte Norma und blickte besorgt auf den wachsenden Haufen abgeschnittener Haare am Boden.

„Ja", lächelte Lacy. „Hufeisen- und Ringewerfen, Wassermelonenkernweitspucken, Dreibeinrennen, Kuhfladenweitwurf–"

„Wie bitte?", fragte Sheri entsetzt.

„Du hast schon richtig gehört", lachte Lacy. „Hier gibt es so viele getrocknete Kuhfladen, warum sollte man nicht Frisbee damit spielen?"

„Weil es widerlich ist?"

„Sheri, du wirst es probieren, und ich werde es probieren, und ich verspreche dir, es wird lustig."

„Ich mache auch mit", sagte Esther Mae.

„Okay, Norma Sue", sagte Lacy und nahm eine Sprühflasche mit Leave-in Conditioner in die Hand. „Das ist ein Pflichtprodukt für deine drahtigen Locken. Ich habe ihnen ein bisschen Struktur gegeben, und mit einem bisschen Feuchtigkeitspflege fühlen sich deine Haare ganz anders an. „Da, was denkst du?"

Norma blinzelte. „Wie hast du das gemacht? Mädels, meine Locken sind *weich*. Lacy Brown, ich liebe dich."

„Klopf-klopf." Alle drehten sich um und sahen Clint an der Tür. „Ist das eine Privatparty oder kann ein Cowboy hier auch einen Haarschnitt bekommen?"

„Oh, gerne", sagte Lacy. Sie freute sich, Clint zu sehen. „Komm rein. Ich bin gerade mit Norma fertig. Was denkst du?"

Clint legte seinen Hut auf das Regal bei der Tür und trat näher. „Du meine Güte, Norma, du siehst großartig aus."

Er ging um die strahlende Norma herum, und Lacy amüsierte sich, als sie rot wurde. Lacy wusste, dass Clint und Norma sich nahestanden und sah sie gerne interagieren.

„Meinst du, es wird Roy Don gefallen?", fragte sie und tätschelte ihre weichen Locken.

„Gefallen? Oh ja, es wird ihm gefallen. Du musst ihm sagen, dass er dich ausführen muss. Aber nicht hier im Ort. Er muss mit dir in ein schönes Restaurant in Ranger gehen. Whoa…." Er stieß einen leisen Pfiff aus, als sein Blick auf Esther Mae fiel. „Lacy, du bist gut. Esther, du siehst schick aus. Ihr solltet ein Doppeldate daraus machen."

Die Frauen lachten und betrachteten ihre neuen

Frisuren. Esther drehte sich zu Norma um. „Wir könnten das neue Steakhaus in Ranger ausprobieren. Wie heißt es nochmal? Texas Roadkill, oder sowas?"

„Texas Roadhouse. Roadkill haben sie wohl kaum auf dem Menu", sagte Norma. „Es soll richtig gut sein. Komm, lass uns unsere Jungs einpacken und hinfahren. Adela, willst du mitkommen? Wir könnten Sam mitnehmen. Der Gute ist wahrscheinlich seit Jahrzehnten nicht über die Gemeindegrenze gekommen."

Adela überlegte einen Moment lang. „Da hast du vielleicht Recht. Es würde ihm guttun, mal aus seinem Diner rauszukommen."

Lacy und Clint tauschten ein verstohlenes Lächeln aus, als Adela aufstand und ihr elegantes Kleid glattstrich.

„Ich denke, ich gehe rüber und lade Sam ein, mitzukommen."

„Das ist schön", sagte Clint und hielt den Damen die Tür auf. Selbstbewusst traten sie hinaus auf den Gehsteig. „Viel Spaß und vergesst nicht eure Sperrstunde."

„Clint Matlock", sagte Esther Mae. „Kümmere dich um deinen eigenen Kram. Vielleicht kommen wir erst nach Hause, wenn der Hahn kräht."

Alle lachten, und sie gingen begeistert schnatternd

die Straße hinunter.

„Lacy", seufzte Sheri. „Siehst du, was wir gemacht haben? Das macht mich richtig froh, dass ich dir in dieses Abenteuer gefolgt bin."

„Ja, und ich bin froh, dass du gekommen bist, denn wenn ich Nägel lackieren müsste, würde mich das alles andere als glücklich machen."

„Schön, dass ich gebraucht werde", bemerkte Sheri sarkastisch, dann lachte sie und zog ihre Schürze aus.

Clint schloss die Tür und blickte zwischen den beiden hin und her. „Was meint ihr?"

Sheri drehte sich um und ging in Richtung Tür. „Nur, dass Lacy richtig gut mit Haaren ist, doch Fingernägel lackieren kann sie wirklich nicht."

Lacy zuckte mit den Schultern. „Das stimmt. Wenn ich nur an Nagellack denke, schaudert es mich."

Clint lehnte sich an den Kassentresen. „Ich dachte, sowas lernt man in der Schönheitsschule."

„Oh, sie versuchen, es einem beizubringen", sagte Lace. „Betonung auf versuchen. Nur weil sie es da unterrichten, heißt das noch lange nicht, dass jeder ein Talent für beides hat."

Sheri blickte aus dem Fenster. „Darum sind wir ein gutes Team. Jede weiß zu schätzen, was die andere tut. Oh, da ist J.P. Bis später."

Nachdem sich die Tür hinter Sheri geschlossen hatte, war der Raum vollkommen still.

„Wow, jetzt habe ich sie alle vertrieben. Habe ich irgendwas Falsches gesagt?", fragte Clint.

„Nein, das lag nicht an dir. Die sind nur alle aufgeregt. Und Sheri hat vorhin schon gesagt, dass sie irgendwo mit J.P. hinwollte." Lacy ahnte jedoch, dass alle wollten, dass Clint und sie allein miteinander waren. Und wem versuchte sie etwas vorzumachen? Sie wollte es auch. Sie hatte am Sonntag das Mittagessen mit ihm genossen. Und das war jetzt schon fast eine Woche her. Auch wenn sie ihn jeden Tag beim Arbeiten an der Hauptstraße gesehen hatte, hatten sie keine Gelegenheit gehabt, sich viel zu unterhalten. Das letzte Mal, als er in ihrem Salon gewesen war, hatte sie seinen pinkfarbenen Hahnenkamm beseitigt. Plötzlich wurde ihr Mund trocken.

„Sieht aus, als hättest du ordentlich zu tun gehabt."

Lacy warf einen Blick auf die Haare am Boden und holte den Besen. Sie brauchte eine Ablenkung. „Oh ja. Hat sich wunderbar angefühlt. Ich wollte, dass die Mädels meine ersten Kundinnen sind, damit ich sie ein bisschen verwöhnen konnte. Ich wollte das für Norma Sue und Esther Mae machen, seit ich ihnen das erste Mal begegnet bin."

Clint musterte sie, als sie das Kehrblech in den Müll ausleerte. Er musterte sie genau.

„Ist alles okay?", fragte sie, als sie sich wieder zu ihm umdrehte und versuchte, ihre Nervosität im Zaum zu halten.

„Ja, ja, alles ... okay."

Er fuhr sich mit der Hand durchs Haar – eine Geste, die genauso typisch für ihn war wie das Zurückschieben seines Hutes. Doch er wirkte niedergeschlagen, und das war gar nicht typisch für ihn. „Irgendwie nehme ich dir das nicht ab. Wenn ... du einen Freund zum Reden brauchst, Friseure sind gut im Zuhören."

Er lächelte, und als er sie ansah, stolperte ihr Herz. Schnell wandte sie sich ab und ging zum Haarwaschplatz, um einen Moment Zeit zu schinden undihre Nerven zu beruhigen. „Komm rüber und lass mich dir die Haare waschen. Das kennst du ja schon. Und nichts entspannt mehr als eine schöne Kopfhautmassage beim Einschäumen."

„Das gefällt mir", sagte er und lächelte, während er Platz nahm und den Kopf zurücklehnte.

Lacys Hände zitterten, und sie war dankbar, dass er sie nicht sehen konnte.

„Das war nett von dir, dass du das für Norma Sue

und Esther Mae getan hast. Sie sind gute Frauen, und hier draußen in dieser gottverlassenen Gegend gibt es nicht viele Möglichkeiten für eine Frau, sich mal so richtig verwöhnen zu lassen."

Sie hielt inne. „Darum bin ich so froh, dass ich hier bin. Genau das tue ich nämlich gerne." Lacy ertappte sich dabei, dass sie Clint anstarrte und lächelte. Eilig wandte sie sich wieder seiner Kopfhautmassage zu, dann spülte sie das Shampoo aus und führte ihn zum Frisierstuhl.

Als sie anfing, seine nassen Haare zu kämmen, beobachtete er sie im Spiegel. Er sah so unbehaglich aus, wie sie sich fühlte. Sie bemühte sich, nichts fallenzulassen oder umzuwerfen, nahm die Schere und begann, seine Haare zu schneiden. Ihn zu berühren war schwer – Schmetterlinge flatterten Amok in ihrem Bauch, und dass er sie so aufmerksam beobachtete half auch nicht.

Sie wollte herausfinden, warum er so ernst war, doch sie wagte nicht zu fragen. Wenn sie jetzt den Mund aufmachte, würde sie wahrscheinlich in einen ununterbrochenen Redeschwall ausbrechen, so nervös war sie.

Als Clint zu reden begann, zuckte sie zusammen, weil sie sich so darauf konzentrierte, die Gefühle zu ignorieren, die sich in ihr regten.

„Was machst du, wenn du in Mule Hollow fertig bist?" Seine Stimme war rau.

Sie hielt inne. „Was meinst du mit fertig bist?"

„Lacy, du bist ehrgeizig, und wenn ich mir Ester und Norma so ansehe, hast du offensichtlich Talent. Warum würdest du in einem so gottverlassenen Kaff wie Mule Hollow bleiben wollen? Ich meine, selbst wenn dieser Plan aufgeht und wir dem Ort ein bisschen neues Leben einhauchen können, hat er dir immer noch nicht viel zu bieten."

Die Schärfe in seinem Ton störte Lacy. So hatte sie ihn noch nie reden hören, und in ihrem Herzen gingen alle möglichen Warnlampen an. Hinter der Frage steckte mehr als er aussprach.

„Ich gehe hier nicht wieder weg. Ich habe das Gefühl, meinen Ort, mein Nest gefunden zu haben. Ich habe das Gefühl, dass Mule Hollow das Zuhause ist, nach dem ich mich mein ganzes Leben lang gesehnt habe." Sie begegnete seinem Blick im Spiegel. „Es ist kein Zufall, dass ich eines Morgens die Zeitung aufgeschlagen und Adelas Anzeige gesehen habe." Sie wandte sich wieder dem Schneiden zu.

„Woher willst du wissen, dass sich deine Meinung nicht ändern wird?"

Warum stellte er diese Fragen? „An dem Morgen, als ich nach Mule Hollow gekommen bin, habe ich sofort eine besondere Verbindung gespürt. Irgendetwas hat mich berührt, und ich wusste, dass ich hierhergehöre."

Lacy biss sich auf die Unterlippe. Worauf wollte Clint hinaus? Plötzlich wusste sie, dass sie es einfach aussprechen musste.

„Clint, ich glaube, dass wir auf dem besten Weg sind, Freunde zu werden, und vielleicht stecke ich meine Nase gerade in etwas, das mich nichts angeht–" Sie hielt inne, als er eine Augenbraue hochzog. „Hast du deiner Mutter je vergeben, dass sie dich verlassen hat, als du noch ein kleiner Junge warst?"

„Ihr vergeben? Lacy, ich weiß, dass ich das sollte. Ich weiß, dass es das Richtige wäre, doch ganz ehrlich, bis vor ein paar Tagen wäre mir nie auch nur in den Sinn gekommen, dass ich meiner Mutter vergeben sollte."

Lacy pustete die Haare von seinem Nacken. „Vergebung ist auf vielerlei Art seltsam", sagte sie leise. „Ich habe eine ganze Weile gebraucht, bis ich meinem Vater vergeben konnte. Doch nachdem ich ihm vergeben hatte, war ich es, die dafür belohnt wurde. Ich meine, ich konnte es nicht persönlich tun, weil ich ihn nie wiedergesehen habe, und zwischenzeitlich habe ich gehört, dass er gestorben ist. Doch ich habe jetzt einen Frieden in mir, der da nicht war, bevor ich mich entschieden habe, ihm zu vergeben und das Ganze auf sich beruhen zu lassen."

„Aber neulich Nacht während des Sturms warst du traurig, weil dein Dad die Träume deiner Mutter gestohlen hat."

„Natürlich habe ich noch Narben, weil er meine Mom verlassen hat. Ich bin auch nur ein Mensch. Und manchmal, wenn ich richtig down bin, dann schmolle ich, und ich bin mir bewusst, dass er mich damit zu dem Menschen gemacht hat, der ich bin. Das kann ich nicht vergessen. Aber ich habe ihm vergeben, und ganz tief drin weiß ich das und es gibt mir Frieden."

Clint sah sie lange an, dann stand er auf und ging in Richtung Kasse. „Ich kann nicht sagen, dass ich in dieser Hinsicht so bin wie du. Das beweist nur einmal mehr, dass du eine besondere Frau bist, Lacy Brown. Eine ganz besondere Frau."

Damit legte er eine Zwanzigdollarnote auf den Tresen, tippte ihr mit dem Finger auf die Nasenspitze und ging hinaus.

KAPITEL DREIZEHN

Der Nachthimmel war sternenklar. Clint saß auf einem Sessel auf seiner Veranda und starrte hinauf.

Er konnte ihr nicht glauben. Sie hatte gute Absichten, doch sie wusste nicht, was dieser Ort einer Frau antun konnte. Und sie war viel zu talentiert. Hier konnte sie ihr Talent viel weniger ausleben als in der Stadt, und aus rein finanzieller Sicht konnte sie woanders leicht das Fünffache verdienen. Das würde sie bald sehen.

Er machte ihr keinen Vorwurf daraus, doch er wusste, dass es einfach passieren würde. Er hoffte nur, dass sie gehen würde, bevor er sich noch tiefer verstrickte, als er es ohnehin schon getan hatte. Jedes Mal, wenn sie den Mund aufmachte, faszinierte sie ihn mehr.

Clint studierte die Sterne, das hatte er immer mit seiner Mutter getan. Er sah sie vor seinem inneren Auge auf einer Decke am Boden liegen, wie damals, als er klein war. Sie lagen Kopf an Kopf und betrachteten die Sterne. Er erinnerte sich daran, dass sie ihm dabei einmal gesagt hatte, dass Gott von dort oben auf sie herunterblickte. Sie sagte *Er* lächelte, denn sie blickten in die richtige Richtung. Es war eine schöne Erinnerung, und einen Moment lang spielte er mit dem Gedanken, in sein Büro zu gehen und ihren Brief zu öffnen.

Lacy hätte den Brief wahrscheinlich noch am Briefkasten aufgemacht. Sie hatte ein Herz, das verzeihen und akzeptieren konnte… Er schloss die Augen und rieb sich die Nasenwurzel. Lacy hatte ihrem Vater vergeben. Doch er war kein so guter Mensch wie Lacy. Clint hatte sein Herz gegenüber den guten Erinnerungen an seine Mutter verschlossen. Und auch, wenn sie manchmal an die Oberfläche drangen, hielten sie nie lange an.

Seine Mutter hatte ihn verlassen, ohne sich einmal umzusehen. Es war in genau dem Sommer gewesen, als sie auf der Decke gelegen und die Sterne beobachtet hatten.

Was für einen Unterschied doch ein paar Monate machen konnten.

Clints Herz schmerzte, als er sich in seinem Sessel nach vorn beugte, die Ellbogen auf die Knie stützte und den Boden betrachtete. Die Erde war reich und fruchtbar für Mann und Vieh, doch nicht für eine Frau. Lacy verstand noch nicht, welche Auswirkungen das Leben am Ende der Welt aus einer Frau machen konnte. Er jedoch konnte es nicht vergessen.

Sein Herz würde es nicht ertragen können, noch einmal jemanden, den er liebte, gehen zu sehen.

Und der Brief … der konnte in seiner Schublade verrotten.

„Okay, die Heuballen müssen da rüber", wies Lacy Andrew und Bob an. Beide waren überaus hilfsbereit und gehörten zu den vielen Freiwilligen, die den ganzen Tag halfen, alles für den Jahrmarkt morgen vorzubereiten. Andrew war groß, dunkelhaarig und hatte einen ausgeprägten Sinn für Humor, während Bob eher ein stiller Einzelgänger war, der, ohne zu zögern half, wenn sie ihn um etwas bat. Er redete nicht viel, doch seine Präsenz war die eines sanften Riesen. Die beiden Männer waren gute Freunde, und Lacy konnte sehen warum. Sie ergänzten einander perfekt. Sie freute sich jetzt schon auf den Moment, in dem die richtigen Frauen kamen und ihre Herzen genauso perfekt ausfüllen würden – und die beiden freuten sich darauf.

Bob blieb neben ihr stehen, den schweren Ballen auf der Schulter, als wäre er federleicht. „Miss Adela hat mich gefragt, ob ich morgen in einem besonderen Stand sein werde."

„Oh, hat sie das?" Lacy lächelte. Adela hatte ein perfektes Gespür dafür, die richtigen Männer für ihren *besonderen* Stand auszusuchen. Die Frauen würden bereitwillig Schlange stehen, um Limonade von Bob, dem sanften Riesen zu kaufen. „Hat sie dir irgendetwas über ihren Stand erzählt?"

Er trat von einem Bein aufs andere und wurde rot. „Ein Limonadenstand, um Geld für die Anzeigenkampagne zu sammeln. Ich habe ihr gesagt, dass ich keine Ahnung habe, wie man Zitronen auspresst, doch sie hat mir versichert, dass es einfach ist und sich niemand daran stören würde. Sie sagte, ich wäre der perfekte Mann für den Job, weil die Frauen mir beim Lernen würden zusehen wollen." Sein amüsiertes Lächeln brachte die Grübchen in seinen Wangen zum Vorschein.

Lacy lachte.

„Bob Jacobs, du Weiberheld. Und ich dachte, du wärst schüchtern!"

Andrew kam mit einem Heuballen herüber. „Lacy,

lass dich nicht von der schüchternen Masche täuschen. Bob ist ein Frauenmagnet. Was glaubst du, warum wir befreundet sind? Das einzige Problem ist, Frauen zu finden. Du bist unser Held, oder besser, unsere Heldin. Wenn du für unser Liebesleben tun kannst, was du für die Hauptstraße getan hast, dann sind wir vielleicht bald keine einsamen Cowboys mehr." Er ließ den Heuballen fallen und drehte sich mit weit ausgebreiteten Armen um. „Ich meine, schau dich nur um."

Lacys Herz zog sich zusammen. Diese zwei süßen Männer waren typisch für das, was Mule Hollow zu bieten hatte: hart arbeitende, gutmütige Männer, die wunderbare Ehemänner und fantastische Väter abgeben würden. Ihr Plan für Mule Hollow musste einfach funktionieren.

Bob tippte sich an den Hut. „Wir sollten besser den Rest der Ballen holen. Bis später, Lacy."

Sie blickte ihnen nach und beobachtete, wie sie schwere Ballen vor dem grasgrünen Haus und dem veilchenblauen Gebäude daneben ablegten. Sie stemmte ihre Hände in die Hüften und sah sich auf der Hauptstraße um. Sie sah gut aus. Das Kuchenbingo hatten sie direkt vor Sams Diner aufgebaut, damit die Kuchen bis die Gewinner ermittelt waren, kühl gelagert werden konnten. Der „Schick den

Junggesellen Baden"-Stand, an dem die Besucher einen Cowboy mit einem gut gezielten Ball ins Wasser befördern konnten war neben dem Hufeisenwerfen, daneben die Seiltricks und am Ende der Straße der Kuhfladenweitwurf. Auf einer Wiese am Ortseingang würden die Dreibeinrennen, der Eierstaffellauf und ein paar andere Spiele stattfinden.

Morgen war der große Tag, und langsam wurde die Zeit knapp. Doch alle wussten, was zu tun war, und waren mit den letzten Details beschäftigt. Alle investierten in diesen Traum.

Sheri stand dem Talentkomitee vor, denn sie hatten herausgefunden, dass es hier einige Cowboys gab, die richtig gut singen konnten, und sie würden sie beim Picknick am Nachmittag einsetzen.

Norma Sue und Esther Mae waren mit der Vorbereitung des Essens betraut. Hanks Chili und Roy Dons Gegrilltes waren legendär in Mule Hollow, darum waren sie zu den offiziellen Köchen des Jahrmarkts ernannt worden, und so konnte Sam auch einmal einen Tag lang ausspannen.

Adela war das offizielle Ein-Frau-Begrüßungskomitee und für den Limonadenstand zuständig. Darüber hinaus hatte sie in den letzten vierundzwanzig Stunden mehr Kekse gebacken, als Lacy je für möglich gehalten hätte.

Während alle mit ihren Aufgaben beschäftigt waren, erfüllte Lacy ihre als offizielle Aufseherin des Ganzen. Seit Dienstag schon hatte sie nicht viel geschlafen, und auch wenn sie zuversichtlich war, hatte sie das eine oder andere Mal eine nagende Sorge unterdrücken müssen. Der Jahrmarkt würde zu einem Erfolg werden, und morgen würde Mule Hollow sich offiziell neu erfinden. Bob, Andrew und so viele andere zählten darauf.

„Einen Penny für deine Gedanken." Clints vertraute Stimme hinter ihr riss sie aus ihren Gedanken und jagte einen Schauer über ihren Rücken.

„Den nehme ich gerne", sagte sie und drehte sich zu dem Mann um, der sich andauernd in ihre Gedanken drängte, um. Allein schon seine Anwesenheit reichte, um ihre Stimmung aufzuhellen.

„Du verkaufst deine Gedanken wirklich so billig?" Seine Augen glitzerten im hellen Sonnenlicht, und sein unrasiertes Gesicht gab ihm etwas Raues. Aus der Nähe betrachtet wirkte er müde.

„Meine Zuversicht steht auf wackeligen Beinen", gab sie zu.

„*Deine* Zuversicht. Das nehme ich dir nicht ab. Du bist die Frau, die wie ein Wirbelwind über Mule Hollow hereingebrochen ist, bereit, sich allem zu stellen." Er überraschte Lacy, als er sie plötzlich umarmte. „Du hast ganze Arbeit geleistet, Lacy. Kopf hoch. Niemand hätte auch nur ansatzweise bewirken können, was du hier in ein paar Wochen geleistet hast. Es wird schon werden. Ich bin so stolz auf dich." Sie seufzte und gab der Versuchung nach, sich an ihn zu schmiegen und sich von ihm halten zu lassen. Er war stark und solide. Sie wusste, dass sie für immer in seinen Armen bleiben könnte, wenn sie es nur zuließe. In diesem Moment wurde ihr bewusst, wie sehr sie ihn in den letzten paar Tagen vermisst hatte. Von Norma Sue hatte sie gehört, dass er an verschiedenen Stellen auf seinem Land gecampt hatte, in der Hoffnung, die Viehdiebe zu finden, die an dem Abend, als sie seine Haare geschnitten hatte, erneut zugeschlagen hatten. Sie wünschte sich, etwas für ihn tun zu können.

„Hast du irgendetwas Neues über die Viehdiebe herausfinden können?", fragte sie und bemühte sich, sich auf ein sichereres Thema zu konzentrieren.

Kopfschüttelnd ließ er sie los und beobachtete, wie Andrew und Bob mit Heuballen auf den Schultern an ihnen vorbeiliefen. Sie tippten sich zum Gruß an die Hüte. „Howdy, Clint. Schön, dass du es auch hergeschafft hast", sagte Andrew.

„Lacy weiß, wie man eine Party organisiert", fügte Bob hinzu.

Clint lächelte. „Sieht ganz so aus. Und ihr Jungs

leistet auch ganze Arbeit." Er vergrub seine Hände in den Hosentaschen und verlagerte sein Gewicht auf ein Bein, bevor er ihrem Blick begegnete.

„Ich hatte kein Glück mit den Viehdieben." Er fuhr fort, als die beiden Cowboys weitergingen. „Die Nacht, in der wir sie gesehen haben, war das letzte Mal, dass ich ihnen nahegekommen bin. Langsam habe ich das Gefühl, dass ich sie nie wiedersehen werde."

Lacy lächelte und versetzte ihm einen spielerischen Klaps. „Dann muss ich sie eben für dich finden. Das nächste Mal, wenn ich eine meiner nächtlichen Ausfahrten mache, werde ich nach ihnen Ausschau halten."

Clint runzelte die Stirn und sah sie streng an. Nicht die Reaktion, die sie hatte bewirken wollen. Sie konnte das Funkeln in seinen Augen nicht interpretieren und war sich nicht sicher, ob es ihr gefiel.

Nein. Sie war sich ganz sicher. Es gefiel ihr überhaupt nicht.

„Lacy, ich habe eine gewisse Ahnung, wer vielleicht etwas damit zu tun haben könnte, und glaube nicht, dass es eine gute Idee ist, nachts allein durch die Gegend zu fahren. Du könntest wieder irgendwo stranden, und diesmal bin ich vielleicht nicht in der Nähe, um dich zu retten."

„Herzlichen Dank, Clint, aber ich kann durchaus selbst auf mich aufpassen", schnaubte sie.

„Lacy, ich will mich nicht mit dir streiten, aber du solltest wirklich nicht allein nachts draußen rumfahren."

„Schau, Clint", sie starrte ihn finster an. Hatte sie nicht eben noch geglaubt, ihn vermisst zu haben? „Du hast kein Recht, mir zu sagen, was ich tun oder lassen soll." Sie biss sich auf die Zunge, um nicht mehr zu sagen. Sein Versuch, sie zu bevormunden, irritierte sie, auch wenn sie tief im Inneren wusste, dass er nicht Unrecht hatte.

„Lacy ich will damit nur sagen, dass du vorsichtig sein musst. Diese Viehdiebe sind Profis. Sie machen mir Sorgen, und ich will nicht, dass du zufällig über sie stolperst, denn ich weiß nicht, wie sie darauf reagieren würden. Brady hat ein bisschen recherchiert, und wir haben eine ziemlich gute Ahnung, wer sie sein könnten. Wenn unsere Vermutung richtig ist, haben sie ordentliche Strafakten und wollen sich ganz sicher nicht noch einmal erwischen lassen."

Lacy schluckte ihren Stolz herunter und entspannte sich. „Tut mir leid. Ich weiß, dass das, was du sagst, vernünftig ist. Ich bin es nur so gewohnt, herumzufahren, dass mir der Gedanke, nicht ins Auto steigen und losfahren zu können, wenn mir danach ist, gar nicht gefällt."

Clint sah sie lange an. Dann strich er ihr eine Locke aus dem Gesicht. „Ich habe eine Idee. Ich bin noch nie in dem Ding, das du als Auto bezeichnest, mitgefahren. Das nächste Mal, wenn du nachts fahren willst, hol mich ab und fahr mit mir."

Lacy gefiel gar nicht, dass ihr diese Idee gefiel. Doch Vorfreude wallte in ihr auf und kam in einem strahlenden Lächeln zum Ausdruck. „Das mache ich doch glatt, Cowboy." Er schenkte ihr ein schiefes Lächeln, und ihr Herz schlug einen Salto. *Du meine Güte.* Das wurde langsam lächerlich – und betörend und gefährlich und amüsant, dachte sie, als ein kleiner roter Sportwagen an ihnen vorbeischoss und vor Adelas Pension anhielt.

„Wer das wohl ist?", fragte Clint, bevor sie dieselbe Frage stellen konnte.

Lacy lächelte, als eine anmutige Frau mit langen braunen Haaren und endlosen Beinen ausstieg. Jeder Cowboy auf der Hauptstraße drehte sich nach ihr um und sah zu, wie sie sich aufrichtete und sich umsah.

Lacy seufzte. „Das, mein Freund, ist die Zukunft von Mule Hollow."

„Alles bereit?"

Lacy benetzte ihre Lippen, legte den Arm um Clints Taille und nickte. „Das schaffen wir", sagte sie und betrachtete ihre Konkurrenten, die neben ihnen an der Startlinie des Dreibeinrennens standen.

Zu den Konkurrenten zählten J.P. und Sheri, Sheriff Brady und die elegante Ashby Templeton, die am Tag zuvor mit dem roten Sportwagen angekommen war, ein niedlicher Cowboy namens Jake und Molly Popp, die ebenfalls am Vortag angereist war, und sechs andere Paare unter denen auch die Lehrerinnen waren, die Apartments bei Adela gemietet hatten. Lacy sprudelte vor Freude angesichts des Bildes, das sie alle abgaben, lachend und scherzend, während sie darauf warteten, dass Pete die Startpistole abfeuerte. Der Tag hätte bisher nicht besser verlaufen können.

Überall waren Leute. Frauen aus einem Umkreis von hundert Meilen waren nach Mule Hollow gekommen. Adela hatte eine Umfrage gestartet, und die Reichweite der Anzeigen und Mollys Kolumne hatte bis tief ins Herz von Texas und ein paar Nachbarstaaten gereicht.

„Auf die Plätze", riss Petes polternde Stimme Lacy aus ihren Gedanken. Sie hakte ihre Finger in Clints Gürtel, als er sie fester an sich zog.

„Auf geht's", sagte er und runzelte angestrengt die Stirn. Lacy kicherte.

„Fertig. Los!"

Lachend und prustend stürmten sie los. Die Männer brüllten, und die Frauen kicherten. Lacy konzentrierte sich darauf, mit Clints längeren Schritten mitzuhalten, doch der Größenunterschied war einfach zu viel, und sie stolperten vor sich hin. Brady und Ashby neben ihnen passten in dieser Hinsicht viel besser zueinander und übernahmen schnell die Führung.

Clint warf ihnen einen finsteren Blick zu. „Oh nein, auf gar keinen Fall", knurrte er und schleifte Lacy geradezu mit sich. Lacy musste lachen und war keine große Hilfe. Von da an ging es steil bergab. In ihrer Eile verloren sie jeglichen Rhythmus, und im nächsten Moment lagen sie hilflos am Boden. Clint konnte nicht anders und musste ebenfalls lachen, als sie versuchten, ihre Gliedmaßen zu entwirren und wieder aufzustehen. Doch sie waren nicht die einzigen, die am Boden lagen. Die Hälfte ihrer Konkurrenz sah eher aus, als nähmen sie an einem Wrestlingmatch teil als an einem Dreibeinrennen.

Natürlich siegten Sheriff Brady und Ashby und übten sich nicht in Zurückhaltung beim Jubeln. Dann paradierten sie mit ihrem blauen Band stolz zwischen den Verlierern umher und schlugen vor, dass die anderen mit etwas Übung nächstes Jahr vielleicht ein wenig besser abschneiden könnten.

„Was denkst du, Lacy?", fragte Clint, nachdem er ihre Beine voneinander losgebunden hatte. „Nächstes Jahr wieder?"

„Machst du Witze? Wir werden Monate vorher anfangen zu trainieren, damit wir nächstes Jahr weiter als drei Meter kommen."

Clint lachte. „Ich meinte unseren Jahrmarkt."

„Oh ja, wenn ich irgendeinen Einfluss darauf habe, dann wird das ein jährliches Event."

Bisher war der Tag ein großer Erfolg gewesen. Lacy hatte ihr ganzes Leben lang noch nicht so viele glückliche Cowboys an einem Ort gesehen. Die vielen weiblichen Besucher hatten die meisten der Männer von der Idee überzeugt. Und die Frauen hatten so viel Spaß, dass viele Interesse an Immobilien in der Gegend bekundet hatten. Die Immobilienmaklerin aus Ranger war zu dem Event gekommen, und die Besucher bombardierten sie mit Fragen. Sie sagte sogar, dass sie sich vorstellen konnte, nach Mule Hollow zu ziehen, wenn die Nachfrage so groß bleiben würde.

Nur die Zeit würde zeigen, ob der Ort wirklich vom heutigen Tage profitieren würde, doch Lacy war optimistisch.

„Hast du Lust auf ein Glas von Adelas

hausgemachter Limonade?", fragte Clint und machte Platz für das nächste Dreibeinrennen.

„Sicher, aber dann will ich eine Runde Texas Frisbee spielen."

„Du willst wirklich Kuhfladenweitwurf versuchen?"

Lacy blieb stehen und stemmte die Hände in die Hüften. „Natürlich. Ich wette, ich kann diese Dinger weiter schleudern als du", sagte sie. „In der Highschool war ich nämlich Diskus-Champion."

Clint schüttelte den Kopf. „Was kannst du denn nicht? Turnerin, Diskus-Star…" Er schob seinen Hut aus der Stirn und kratzte sich an der Schläfe. „Was hast du in der Schule *nicht* gemacht?"

Sie ging weiter. „Oh, jede Menge. Lass mich nachdenken, ich wollte immer Basketball spielen, doch ich war zu klein. Ich wollte Hürdenlaufen, aber auch dafür war ich zu klein. Ich wollte Volleyball spielen, doch–"

„Lass mich raten: du warst zu klein?"

„Jupp. Und als ich Diskuswerfen ausprobieren wollte, hat der Coach mir gesagt, dass ich zu klein und zu dünn dafür bin. Darum hat mir meine Mom einen Diskus zum Geburtstag geschenkt und mir gesagt, dass ich es einfach tun soll, wenn ich es wirklich will, und mir von niemandem einreden lassen soll, dass ich es nicht kann. Ich habe den ganzen Sommer und den ganzen Herbst trainiert. Als dann im Frühling die Tests für die Aufnahme ins Team anstanden, habe ich den Coach gebeten, mir einfach eine Chance zu geben, ihm zu zeigen, was ich kann." Lacy schnitt eine Grimasse. „Als ich auf die Plattform gestiegen bin, haben mich alle ausgelacht, und nicht nur ein bisschen. Damals habe ich kaum mehr als fünfunddreißig Kilo gewogen. Doch ich hatte hart gearbeitet – beim Diskus ist alles eine Sache der Übung – und es lief perfekt. Wie auch immer, ich habe es ins Team geschafft und die Bezirksmeisterschaft geholt. In der Landesmeisterschaft ging es dann zwar gehörig daneben, doch das war mir egal. Ich hatte mir selbst bewiesen, dass sich harte Arbeit auszahlt."

Sie waren am Erfrischungsstand angekommen und stellten sich am Ende der langen Warteschlange an. Adelas Plan hatte funktioniert. Zahllose Besucherinnen warteten geduldig darauf, Andrews Lächeln und Bobs Grübchen zu sehen, während sie die Limonade ausschenkten.

„Du bereust jetzt bestimmt, dass du mich gefragt hast", sagte sie, nachdem sie sich angestellt hatten.

Clint schüttelte den Kopf. „Nein, ganz und gar nicht, ich finde es interessant, herauszufinden, was dich antreibt."

„Oh ja?", Lacy rümpfte die Nase und schmunzelte.

Flirtest du etwa mit ihm, Lacy?

„Oh ja", sagte er und schob ihr eine Haarsträhne hinters Ohr. „Ich wette, du hast deiner Mama das eine oder andere graue Haar beschert."

„Das kann ich nicht leugnen. Ich konnte nicht anders. Das war einer der Gründe, warum sie mich schon recht früh beim Turnen angemeldet hat. Sie musste zwar jeden Monat das Geld dafür zusammenkratzen, aber sie hat gesagt, dass ich damit meine Energie auf eine positive Art herauslassen kann."

„Was war deine Disziplin? Warte, lass mich raten – das mit den zwei Wäschestangen, wo die Mädchen von der einen zur anderen fliegen."

„Du meinst Stufenbarren."

„Das war deine Disziplin, oder? Ich wusste es, als du praktisch in den Baum geflogen bist, als dir Flossy auf den Fersen war."

„Volltreffer. Aber ich hab auch noch ein paar andere Sachen gemacht." Sie ging nicht weiter darauf ein, denn sie hatten das Ende der Schlange erreicht, und Adela strahlte sie an.

„Oh, Lacy, Clint, ist das nicht ein wunderbarer Tag?", sagte sie und reichte ihnen zwei Gläser mit

Limonade. Beide Gläser hatten einen Zuckerrand und eine leuchtendrote Kirsche schwamm zwischen den Eiswürfeln.

„Was für ein hübscher Drink, Adela! Kein Wunder, dass die Leute schon den ganzen Tag hier Schlange stehen. Und ja, der Tag ist ganz fantastisch!"

„Clint, wie geht es dir denn bei all den hübschen Frauen, die heute hier sind?" Bei Adelas direkter Frage hätte Lacy sich beinahe an ihrer Limonade verschluckt.

Clint war genauso überrascht. Er verlagerte sein Gewicht von einem Fuß auf den anderen und sah Lacy an, bevor er antwortete. „Mir geht's ziemlich gut, vor allem, da das hübscheste Mädchen von allen den halben Tag an mein Bein gebunden gewesen ist."

Lacy bemühte sich sehr, sein Geplänkel nicht durch die dahinschmelzenden Barrieren um ihr Herz zu lassen.

Doch die Schmetterlinge, die in ihrem Bauch Sturzkampfangriffe flogen, waren schwer zu ignorieren.

Adela reichte beiden einen selbstgebackenen Keks. „Na da bin ich ja froh, dass du das siehst, Clint Matlock. Dann genießt eure Kekse und amüsiert euch gut. Ihr Kinder solltet unbedingt auch noch den Eierstaffellauf ausprobieren."

Lacy musste über Adelas wenig eleganten

Kuppelversuch lachen. „Danke für den Rat, Adela. Aber am Ortsausgang warten ein paar dicke, fette Kuhfladen mit meinem Namen darauf, geworfen zu werden."

Clint tippte sich an den Hut „Das dürfte interessant werden, Adela. Vielleicht solltest du mitkommen und zusehen. Ich glaube, dass Lacy das Zeug zum Champion hat."

Lacy wandte sich Clint zu, hakte sich bei ihm unter und zog ihn mit sich. „Komm, Spaßvogel. Ich werde es dir schon zeigen. Schließlich bin ich mehr als nur ein hübsches Gesicht."

„*Das* ist mir schon lange klar", sagte er und tauchte mit ihr in die gut gelaunte Menge ein.

KAPITEL VIERZEHN

„Ihr wisst, was wir tun sollten", rief Lacy, und alle, die in Sam's Diner saßen, drehten sich zu ihr um. „Wir brauchen eine Geschäftsidee, die vielen Frauen einen Job bieten kann."

Alle, die an der Planung des Jahrmarktes beteiligt waren, saßen an einem Tisch beisammen. Sie waren erschöpft, erschöpfter ... der Rest ist klar. Der Tag war ein unglaublicher Erfolg gewesen. Adelas Haus war voll, und hätten sie ein Fünfzig-Zimmer-Hotel im Ort gehabt, wäre das wahrscheinlich auch ausgebucht gewesen.

Es war kurz vor Mitternacht, und alle hatten sich versammelt, um den Tag gemeinsam Revue passieren zu lassen. Auch wenn sie erschöpft waren, waren sie viel zu aufgedreht, um zu schlafen.

„Lacy, Mädchen, das ist eine gute Idee", stimmte

Esther Mae zu.

„In einem Ort nicht weit von hier gibt es einen riesigen Möbelladen, der die halbe Altstadt einnimmt. Sie haben Wände rausgebrochen, um die bestehenden Gebäude zu verbinden. Ich habe gehört, dass sie auch einen florierenden Online-Handel haben."

„Lacy–" Sheri gähnte. „–erinnerst du dich an dieses Örtchen nicht weit von Dallas, wo sie diese Körbe haben? Oh, und das mit den Obstkuchen? Die verschiffen das Zeug auch international."

„Ja, genau sowas meine ich." Sie stand auf und begann, auf und ab zu gehen.

„Was wir tun müssen", sagte Adela, „ist, an alles denken, was ein profitables Unternehmen werden könnte."

„So wie ich das sehe", sagte Lacy, deren Kopf vor Ideen brummte. „Hatten wir tollen Zuspruch von den Frauen aus der Umgebung, doch sie brauchen Einkommen, um hierher zu kommen. Daran hatte ich bis heute noch gar nicht gedacht. Es gibt schließlich nicht nur Lehrerinnen, die sich überlegen würden, hierher zu ziehen, wenn es Jobs für sie gäbe."

„Vielleicht kann ich ja eine Wagenladung einstellen. Ich brauche jemanden, der wegen dieser Viehdiebe auf Patrouille geht, da ich sie scheinbar nicht selbst aufspüren kann."

Alle einschließlich Clint lachten.

Lacy schüttelte den Kopf. Ihr gefiel seine nicht ganz ernste Seite, doch gleichzeitig tat er ihr leid, denn sie wusste, wie dringend er diesen Viehdieben das Handwerk legen musste.

Adela stand auf und strich sich ihr Baumwoll-Paisleykleid glatt. Es hatte kaum Knitter und niemand wäre darauf gekommen, dass sie es den ganzen Tag hindurch getragen und damit gearbeitet hatte.

„Ich denke, es ist Zeit schlafenzugehen. Lasst uns beten, dass der Herr uns bei unseren Bestrebungen leiten wird. Bis jetzt hat er ja schon wunderbare Arbeit geleistet, indem er uns Lacy und Sheri geschickt und uns diesen wunderschönen Tag geschenkt hat."

Alle stimmten ihr zu und verabschiedeten sich voneinander.

Lacy hatte sich an diesem Tag mehr amüsiert als je zuvor in ihrem Leben, und das lag eindeutig an Clint. Sie hatten den ganzen Tag zusammen verbracht, auch wenn sie es nicht geplant hatten. Es war einfach richtig gewesen. Für Lacy verschwammen langsam die Gründe, warum sie nach Mule Hollow gekommen war und warum sie sich nicht in Clint verlieben durfte.

In Clint verlieben – ihre Gedanken eilten ihr ein paar Schritte voraus. Sie meinte, warum sie Clint nicht *daten* konnte.

Sie wollte gerade in ihren Caddy einsteigen, als die Ursache ihrer Verwirrung zu ihr kam, den Arm um ihre Schulter legte und sie freundschaftlich umarmte.

„Heute war wirklich schön."

„Finde ich auch", sagte sie und bemerkte, wie sehr ihr die Geste gefiel.

„Tut mir leid, dass ich zu Anfang meine Zweifel hatte. Ich glaube, ab jetzt werde ich ein bisschen mehr Gottvertrauen haben." Er ließ sie los und ging zu seinem Truck.

Als sie ihm nachblickte, pochte Lacys Herz, und der ganze wunderbare Tag lief vor ihrem inneren Auge ab.

„Dann bis morgen früh in der Kirche", rief er und blieb kurz an der Tür stehen, um sich noch einmal zu ihr umzudrehen.

Er war umwerfend. „Oh ja, bis morgen." Sie beobachtete, wie er in seinen Truck einstieg, bevor sie in ihren Caddy kletterte. Sie warf einen Blick auf die Uhr. Es war bereits ein Uhr. Der Gottesdienst fing um zehn an, was bedeutete….

Nur noch neun Stunden, bis sie Clint Matlock wiedersehen würde.

„Okay, und jetzt rollst du den Teig so aus." Lacy nahm

das Nudelholz, bestäubte es mit ein bisschen Mehl und begann, den dicken Teig für ihren gedeckten Brombeerkuchen auszurollen. Clint stand neben ihr und sah aufmerksam zu, als gäbe es nichts Wichtigeres auf dieser Welt. Er machte sie nervös. Sie war überrascht gewesen, als er ihr gesagt hatte, dass er etwas hatte, das er nach der Kirche zu ihrem Haus bringen wollte, und sie gefragt hatte, ob sie da sein würde.

Nachdem sie ihm versichert hatte, dass sie direkt nach Hause fahren würde, war er mit einem Beutel gefrorener Brombeeren gekommen, die er aus Norma Sues Gefriertruhe mitgebracht hatte, da die Saison schon vorbei war.

Lacy war ein bisschen irritiert gewesen von seiner Annahme, dass sie alles stehen und liegen lassen und ihm zeigen würde, wie man den *besten Beerenauflauf der Welt* machte. Doch da sie nichts vorhatte, war sie bereit, genau das zu tun. Sie freute sich, wieder einen Sonntagnachmittag mit Clint zu verbringen, und kam zu dem Schluss, dass sie geradezu süchtig danach werden konnte.

Es war gefährlich. Ihre Küche war klein und die Decke niedrig, und von dem Moment an, als er die Küche betreten hatte, schien er Lacy ganz zu umgeben. Ihre Sinne waren überladen.

„Okay, jetzt, wo wir den Teig ausgerollt haben", sie hielt inne und kratzte sich mit ihrer Uhr an der Nasenspitze, „müssen wir ihn in Streifen schneiden." Clint entspannte sich gegen den Tresen und beobachtete sie. Seine Arme waren vor seiner breiten Brust verschränkt.

Sie griff nach dem Messer, das sie benutzen wollte, um den Teig zu schneiden und hielt kurz inne.

„Bist du dir sicher, dass du weißt, wie man mit dem Ding umgeht?", feixte er und knuffte ihre Schulter mit seiner.

Lacy runzelte die Stirn und deutete mit der Spitze des Messers auf ihn. „Du wärst überrascht, wenn du wüsstest, was ich alles kann."

„Um ehrlich zu sein würde mich bei dir nichts überraschen."

Seine Worte machten sie ein bisschen stolz, doch sie sagte nichts und fing an, den Teig zu schneiden.

„Dass du backen kannst hätte ich nicht erwartet." Er nickte in Richtung des Teigs und der gekochten Beerenfüllung, die darauf wartete, in die Kuchenform gegossen zu werden.

Lacy warf ihm einen gespielt empörten Blick zu. „Und warum?"

„Ich weiß nicht." Er sah sie ernst an. „Du wirkst nicht wie der klassische Hausfrauentyp auf mich."

Lacys Stimmung sackte dramatisch ab. Schon einmal hatte er impliziert, dass sie wie seine Mutter war, und jetzt fragte sie sich … „Clint", sagte sie, unsicher, wie sie es ansprechen sollte, während sie die Beeren in die Kuchenform goss. „Erinnere ich dich an deine Mutter?" Das war nicht sehr subtil. *1A-Leistung, Lacy.*

Er versteifte sich neben ihr, dann hob er die Hand und tippte ihr mit dem Finger auf die Nase.

„Du hattest ein bisschen Mehl da." Ihre Blicke begegneten sich.

Lacy weigerte sich, sich ablenken zu lassen. „Erinnere ich dich an sie?" *Bitte sag nein.*

Er zuckte mit den Schultern. „Ein bisschen."

Ein bisschen. Lacy war zum Heulen zumute. Ihre Nase fing an zu laufen, und ihre Augen brannten, doch sie biss sich auf die Unterlippe. Sie starrte ihn an und bemühte sich, den Affront herunterzuschlucken. Sie würde nicht weinen. „Ich verstehe", sagte sie. „Fertig. Jetzt muss der Kuchen nur noch in den Ofen." Sie nahm die Kuchenform mit dem gedeckten Beerenkuchen und trug sie zum Ofen. Clint folgte ihr. *Musste das sein?*

Sie war nicht nach Mule Hollow gekommen, um sich zu verlieben.

Doch sie hatte sich in einen Mann verliebt, den sie

an eine Frau der untersten Kategorie erinnerte. An eine Frau, die ihr Kind im Stich gelassen hatte.

Das war zu viel für Lacy. Im Raum war es sehr still geworden. Sie schloss die Ofentür, dann lehnte sie den Kopf an einen Schrank.

Clint berührte sie an der Schulter. „Lacy", sagte er mit sanfter Stimme.

Nein! Ich kann das nicht. „Clint, ich fühle mich nicht so gut. Du solltest gehen."

„Lace–"

„Wirklich, Clint." Sie drehte sich zu ihm um und schob sich an ihm vorbei, bevor er sie aufhalten konnte. „Ich bin immer noch müde von gestern und will mich hinlegen."

„Lacy, ich–"

„Clint, ich will mich hinlegen und bitte dich zu gehen. *Auf der Stelle*", unterbrach sie ihn und sah ihn böse an. Sie wollte nichts mehr hören. Sie war ein Narr gewesen, sich in den ersten Typen zu verlieben, der ihr über den Weg gelaufen war. Wie unstet war das denn?

Um alles noch schlimmer zu machen, sah er sie genau, wie sie nicht gesehen werden wollte. Ihre Spontaneität, ihr unkontrolliertes Mundwerk – erweckten einen Eindruck, den sie nicht erwecken wollte. Und plötzlich sah Lacy dasselbe.

„Wie du meinst", sagte Clint und zog sich zur Tür

zurück. „Ruh dich aus. Ich muss sowieso wieder zurück an die Arbeit." Er setzte seinen Hut auf, machte auf dem Absatz kehrt und ging hinaus.

Wütend starrte Lacy ihm hinterher. Sie würde nicht weinen. Sie würde sich genau dem zuwenden, wofür sie nach Mule Hollow gekommen war.

Und sie würde den qualvollen Schmerz ignorieren, der in ihrem Herz explodierte.

Seine Mutter wollte, dass er ihr vergab.

Clint saß an seinem Schreibtisch, und der maschinengeschriebene Brief lag geöffnet vor ihm. Nachdem er sich tagelang damit gequält hatte, Lacys Gefühle verletzt zu haben, hatte er sich endlich aufgerafft. Er musste sich seiner Vergangenheit stellen, denn sie bedrohte offensichtlich jede Zukunft, die er mit Lacy haben könnte.

Darum hatte er den Brief geöffnet.

Und so sehr er sich auch den Kopf zermarterte, er wusste nicht, was er jetzt tun sollte. Er war ein Mann, der es gewohnt war, selbst schnell harte Entscheidungen zu treffen. Das tat er jeden Tag. Und jetzt fühlte er sich wie ein verlorener kleiner Junge.

Doch der war er nicht mehr. Er war ein erwachsener Mann und musste sich wie einer verhalten.

Doch vergeben... Er starrte aus dem Fenster hinaus auf das weite Land, das ihre Mutter so mühelos hinter sich gelassen hatte. Sie hatte ihn genauso mühelos verlassen, wie dieses Land. Und sie hatte sich nicht einmal umgedreht. Bis jetzt. Clint rieb sich die Schläfen, hinter denen das dumpfe Pochen von Kopfschmerzen begann. Er war ein Mann. Ein Mann, der stolz war auf die Tatsache, dass er Jahre des Leids und die endlosen durchweinten Nächte seiner Kindheit verwunden hatte.

Doch ihr vergeben?

Clint stieß sich vom Schreibtisch ab und stand auf. Der Knoten in seinem Magen kam nicht von Hunger, und es war keine Allergie, die das Brennen in seinen Augen verursachte. Er war ein Mann. Ein Mann, der schon lange keinen Trost mehr gebraucht hatte.

Er nahm seinen Hut und ging hinaus in Richtung Scheune, um mit dem Pferd zu arbeiten, das genauso wenig zugeritten werden wollte, wie Clint daran denken wollte, der Frau zu vergeben, die er so lange zu vergessen versucht hatte.

Er wusste, dass mehr als ein paar ruhige Worte nötig sein würden, um den Junghengst zuzureiten, und ein lausiger *maschinengeschriebener* Brief tat nichts für Clint, außer alte Wunden wieder aufzureißen.

„Was hältst du davon, mir ein paar Strähnchen zu machen?", fragte Molly Popp Lacy.

Es war Dienstag, und sie sahen einander im Spiegel an. Molly war die ganze Woche geblieben, während sie ihre Kolumne über den Ort und den Jahrmarkt geschrieben hatte. Lacy hatte sich gefreut, als sie an diesem Morgen in den Laden gekommen war. Sie wusste, dass Kunden in den ersten Monaten rar sein würden, und sie war niemand, der gerne herumsaß und Däumchen drehte.

„Ein paar hellere Strähnchen würden toll aussehen in deinen kastanienbraunen Haaren." Sie hoffte, dass sie nicht zu beflissen klang.

„Dann machen wir das so."

Lacy nahm ein Tablett und machte sich daran, alles für die Strähnchen vorzubereiten, während sie sich angeregt mit Molly über den Jahrmarkt unterhielt und ihre künftigen Pläne, Frauen davon zu überzeugen, sich in Mule Hollow niederzulassen. Lacy freute sich, dass Molly die Idee so gut gefiel. An diesem Morgen hatte sie Adela gesagt, dass sie zurück nach Houston fahren würde, um ihre kleine Wohnung dort zu räumen. Am Ende des Monats würde sie wieder zurückkommen. Sie würde nach Lacy und Sheri die dritte neue Einwohnerin von Mule Hollow sein, seit die erste Zeitungsanzeige geschaltet worden war.

Molly war eine Schönheit. Sie hatte diese wunderschönen kastanienbraunen Locken, die lebhaft wippten, wann immer sie den Kopf bewegte. Sie war eine angenehme Gesprächspartnerin, was für eine Reporterin sicher von größter Wichtigkeit war. Ihre Augen waren hellwach und von einem leuchtenden Grün. Sie gestikulierte beim Reden und hatte die Angewohnheit, den Kopf zur Seite zu neigen, wenn sie jemandem zuhörte. Sie war eine schöne, herzliche, intelligente Frau – und jetzt hatte sie sich dazu entschieden, Mule Hollow zu ihrem Zuhause zu machen.

„Dann bist du hier rausgekommen, weil du hergeführt wurdest?"

„Ja. Du bist deinem Herzen gefolgt, und ich habe darauf vertraut, dass das der Ort ist, an dem ich sein soll."

„Der große Unterschied ist, dass ich erst einmal unverbindlich hergekommen bin. Du andererseits hattest dich bereits mehr oder weniger verpflichtet, ohne Mule Hollow je gesehen zu haben. Wie hast du das tun können?"

„Es war leicht. Ich habe einfach daran geglaubt, dass, was ich tue, richtig ist."

Doch in den letzten vier Tagen hatte sie sich gefragt, ob dem wirklich so war. Mit Clint lief nichts so, wie es hätte laufen sollen. Offensichtlich hatte sie das hoffnungslos verhunzt mit ihrem losen Mundwerk und ihrem dummen Herzen.

Oh, wie sie ihn vermisste. Wie leicht und zunächst unmerklich ihr Herz sie doch verraten hatte. Nachdem sie ihn aus ihrem Haus – oder besser, seinem Haus – geworfen hatte, hatte sie sich eingestanden, dass sie sich in ihn verliebt hatte. Ihre Liebe war ganz selbstverständlich zum Leben erwacht. Es war, als ob die Liebe von Anbeginn der Zeit dagewesen war und nur darauf gewartet hatte, dass Clint und Lacy ins offene Messer liefen. Oder zumindest Lacy … Clint hingegen fühlte sich durch sie an seine nichtsnutzige Mutter erinnert.

Sie sollte sich kein Urteil bilden, doch es fiel ihr schwer. Wie hatte diese Frau ihn einfach verlassen können? Und dann auch noch für einen Mann und einen Zirkus?

Sie verdrängte diesen Gedanken und konzentrierte sich auf Molly und ihre Unterhaltung über den Glauben, das Leben und die Zukunft. Und wenn sie schon einmal dabei war, musste sie daran arbeiten, ihren eigenen Glauben wieder zu etablieren.

KAPITEL FÜNFZEHN

Clint knallte die Tür seines Pickups zu und riss sich den Hut vom Kopf. Alle Cowboys, die für ihn arbeiteten, waren vor den Stallungen versammelt, und an ihren Mienen konnte er sehen, dass sie sich seiner Wut bewusst waren.

„Dreißig Rinder in vier Nächten." Wenn es so weiter ging, konnte er seine Viehwirtschaft bald an den Nagel hängen. Und ehrlich gesagt wäre ihm das lieber, als so dreist von einem Haufen Parasiten bestohlen zu werden.

„Heute Nacht will ich, dass sie zur Strecke gebracht werden. Sie kommen über die abgelegenen Weiden auf das Land, und genau da will ich euch haben. Ich will jeden Zentimeter der Grenzen meines Landes bewacht wissen. Da draußen schlagen sie zu, nicht hier drinnen."

„Aber was, wenn sie heute Nacht weiter *innerhalb* der Ranch zuschlagen?", fragte Merle Jansen. Er war ein drahtiger Mann Mitte zwanzig, spielsüchtig und von fragwürdiger Arbeitsmoral, die Clints Geduld strapazierte. Doch heute hatte er genau die Frage gestellt, auf die Clint gewartet hatte. Ihm war bewusst geworden, dass ein Insider beteiligt sein musste, und er vermutete, dass Merle derjenige war. Seine Frage schien Clints Ahnung nur zu bestätigen.

Clint sah Merle an. „Bisher haben sie das noch nicht getan, und ich wüsste nicht, warum sie ausgerechnet heute Nacht damit anfangen sollten, darum", Clint hielt inne und ließ den Blick über die Gruppe schweifen, da er nicht wollte, dass Merle Verdacht schöpfte. „Ich will unsere Schlagkraft nicht im Inneren der Ranch verschwenden. Ihr alle wisst, wo ihr zu sein habt. Ich werde nicht noch eine einzige Kuh an diese Hunde verlieren."

Damit ging Clint in sein Büro und schlug die Tür hinter sich zu. Sein Plan stand fest. Er würde sich dieser Diebe entledigen, und alles, was er jetzt tun musste, war abwarten. Sheriff Brady war in Kontakt mit dem Büro der Viehbeschauer, und sie hielten Ausschau nach Clints Vieh auf Auktionen in Texas und New Mexico. Ihm blieb jetzt nur, Merle im Auge zu behalten, und wenn sich seine Ahnung als richtig erweisen sollte, würden sie heute Nacht zu ihm kommen.

Clint hatte den Kopf voll, denn er wollte ein für alle Mal mit dem Problem der Viehdiebe abschließen, damit er seine privaten Probleme angehen konnten.

Insiderinformationen waren der einzige Weg, wie die Viehdiebe bisher immer wieder hatten davonkommen können. Dass er sie in der Nacht des Gewitters gesehen hatte, war ein Zufall gewesen, und schließlich war ihm bewusst geworden, dass er in dieser Nacht nicht auf dieser Straße hätte sein sollen – zumindest nicht zu dieser Zeit. Er war früh von seinem Posten nach Hause gefahren, und Lacy war ein unberechenbarer Faktor in der Gleichung gewesen. Die Viehdiebe hatten unmöglich mit ihrem spontanen Mitternachtsausflug rechnen können.

Er ging ins Haus, legte den Hut aufs Regal, zog seine Stiefel und Socken aus und tapste in die Küche. Es war eine anstrengende Woche gewesen – auch ohne Beteiligung der Viehdiebe. Er dachte an Lacy.

Er rollte seine Ärmel zu den Ellbogen hoch, stellte das Wasser an und wusch sich gedankenverloren die Hände. Während er sich abtrocknete und zum Kühlschrank ging, um sich etwas zu essen zu suchen, sah er Lacys Gesichtsausdruck in dem Moment, als sie ihn zu gehen gebeten hatte, vor sich.

Abgesehen vom Brief seiner Mutter war Lacy alles, woran er denken konnte, seit sie am Sonntagnachmittag aufgehört hatte, mit ihm zu reden. Er hatte sich mit den Viehdieben befasst, weil es unumgänglich war, doch selbst während er sich einen Plan ausgedacht hatte, die Viehdiebe ein für alle Mal zu fangen, war Lacy, die süße Lacy immer in seinen Gedanken.

Er hatte sie nicht wütend machen und schon gar nicht ihre Gefühle verletzen wollen. Doch als er ihre Miene gesehen hatte, waren all seine Gefühle und Ängste in seinem Herzen in die Schlacht gezogen. Als sie ihn hinausgeworfen hatte, hatte er genau gewusst, was er getan hatte und was er geworden war. Er war ein Feigling.

Sie war wie seine Mutter. Er hatte das von ihrer ersten Begegnung an gewusst. Doch sie repräsentierte alle guten Eigenschaften seiner Mutter, nicht die schlechten. Und doch war er gegangen und hatte sie in dem Glauben gelassen, dass er das Schlechteste von ihr dachte. Denn tief im Inneren fürchtete er, dass sie – ganz gleich wie sehr sie ihn vielleicht liebte – Mule Hollow doch eines Tages verlassen könnte. Als er gesehen hatte, wie diese schönen pazifikblauen Augen gegen einen Tsunami von Schmerz angekämpft hatten, war ihm bewusst gewesen, wie viel schmerzhafter es für ihn sein würde, sie gehen zu sehen.

Das könnte er nie ertragen.

Er fuhr sich mit den Händen durchs Haar und lehnte sich an den Kühlschrank, während er den Krieg in sich toben ließ. Was sollte er tun? Er konnte sie nicht ändern. Und das würde er auch nicht wollen. Es war ihre Spontaneität, die ihn so anzog. Doch genau das war auch das, was ihn abschreckte.

Eingehüllt in die kalte Luft des Kühlschranks stand er da und schloss die Augen. Er musste den Schmerz überwinden, den seine Mutter verursacht hatte. Er musste Vergeben in seinem Herzen finden, damit die Vergangenheit ihn nicht mehr beherrschen konnte.

Clint ließ die Kühlschranktür zufallen. Er fühlte sich ausgelaugt und hatte seinen Appetit verloren. Dennoch fühlte er sich rastlos.

Leer.

Doch er wusste, es war seine Wahl. Er konnte sich weiter am Schmerz festklammern oder die bewusste Entscheidung treffen, ihn loszulassen. Lacy würde sagen, dass es so einfach war. Lacy... seine Stimmung hob sich allein schon, wenn er an sie dachte.

Sie machte ihm Angst, doch sie hatte Recht, was das anging, und er wusste es. War er dazu in der Lage? Konnte er ihrem Beispiel folgen und seiner Mutter vergeben?

Der Wind peitschte Lacy die Haare ins Gesicht, als sie die einsame Straße entlangfuhr. Sie warf einen Blick auf die Uhr im Armaturenbrett. Zwei Uhr nachts. Seit einer Stunde fuhr sie nun schon durch die Gegend, doch an Schlaf war immer noch nicht zu denken. Vor ein paar Wochen war ihr Leben so fokussiert gewesen … doch jetzt wusste sie nicht, was sie tun sollte.

Selbst das Fahren, der Wind in ihrem Gesicht und die sternenklare Nacht konnten sie nicht aufmuntern.

Deprimiert und voller Selbstmitleid brachte sie den Caddy mitten auf der Straße abrupt zum Stillstand. Warum hatte sie zugelassen, dass sie sich in Clint Matlock verliebte?

Sie hatte die ganze Woche in ihrem Salon in Mule Hollow gearbeitet, in dem kleinen Ort, der ihr ans Herz gewachsen war. Demselben Ort, von dem sie das Gefühl gehabt hatte, hierher zu gehören, als sie am ersten Morgen die Augen geschlossen und das leise Flüstern von Hoffnung gehört hatte. Sie war gekommen, um etwas zu bewirken, um sich zu beweisen, dass sie keine unzuverlässige Tussi ohne Lebensziel war. Und sie hatte versagt – in jeder Hinsicht.

Ein Geräusch drang durch Lacys Gedanken, und sie hob den Kopf. Als sie sich in der Dunkelheit umsah, lief ihr ein kalter Schauer den Rücken hinunter. Doch sie war nicht sicher, ob sie etwas anderes als das omnipräsente Zirpen der Grillen und Quaken der Frösche gehört hatte. Als sie sich mehr auf ihre Umgebung konzentrierte, wurde ihr bewusst, wie allein sie auf dieser abgelegenen Straße war.

Sie war nicht weit von ihrem Haus, und Clints Haus war auch nicht weit weg. Doch sie war allein, es war mitten in der Nacht, und sie hörte seltsame Geräusche in der Dunkelheit.

Da ... ein Licht. Das leise Brummen eines Motors, während das Licht auf und ab tanzte, bevor es sich in eine andere Richtung zu bewegen schien und verschwand.

Viehdiebe! Die Viehdiebe waren wieder da.

Lacy schaltete die Lichter aus, in der Hoffnung, dass sie sie noch nicht gesehen hatten, dann ließ sie den Caddy an den Straßenrand rollen und stellte den Motor ab.

Es war genauso wie in der Nacht des Sturms, als Clint und sie die Viehdiebe aus der Ferne gesehen hatten. Diesmal waren sie jedoch nicht so weit weg, und es war trocken. Sie war sich jedoch sicher, dass sie genauso schnell verschwinden würden wie neulich Nacht. Ja, sie würden wieder davonkommen. Sie würden wieder Gespenster sein und es könnte Wochen dauern, bevor irgendjemand sie wiedersah. Clint würde mehr Vieh verlieren. Adrenalin begann zu rauschen. Sie stieg aus dem Wagen.

„Nicht heute Nacht, Jungs", flüsterte sie in die Dunkelheit. Nach dem Sturm hatte sie ihre Lektion gelernt und zog sich entsprechend für ihre nächtlichen Fahrten an. Sie trug ein Baumwollhemd, Jeans und Stiefel. Sie war auf alles vorbereitet.

Das Blut rauschte in ihren Adern, als sie hinter einer Baumgruppe hervor in die Ferne spähte. Sie wusste, sie waren da draußen.

Clints Viehdiebe. Mule Hollow konnte nicht erblühen, solange niemand diesen Männern Einhalt gebot. Und welche alleinstehende Frau würde sich hier niederlassen, wenn sie wusste, dass sich solches Gesindel in den Hügeln herumtrieb. Molly hatte bereits von den Viehdieben gehört und wollte einen Artikel schreiben, doch die einzige Pressemeldung, die Mule Hollow brauchen konnte, war die, dass die Viehdiebe festgenommen worden waren.

Sie hatte ihre Entscheidung getroffen und ging auf den Zaun zu. „Gott, ich könnte jetzt wirklich deine Hilfe gebrauchen", flüsterte sie. „Denn ich fürchte, dass ich gleich in Schwierigkeiten kommen werde."

Sie hatte es über die Weide geschafft – kein leichtes Unterfangen in der Dunkelheit. Besonders, wenn sie an die Schlangen dachte, die es hier gab. *Klapperschlangen.* Sie betete um Schutz vor ihrer eigenen Dummheit, ging jedoch weiter, da sie wusste, dass Clints Viehdieben ein Riegel vorgeschoben werden musste.

In der Dunkelheit konnte sie das Muhen des Viehs und das leise Fluchen von Männern hören. Ein angenehmer Kiefernduft lag in der Luft. Als sie den Stimmen näherkam, fand sie bei einer Gruppe von Kiefern eine kleine Schlucht, mit der sie nicht gerechnet hatte. Halb stolpernd, halb rutschend schaffte sie es die steile Böschung hinunter. Unten angekommen musste sie einen kleinen Bach überqueren, dessen Wasser kaum knöcheltief war, und dann auf der anderen Seite wieder hochklettern – ein gefährliches Unterfangen in der Dunkelheit. Als sie sich schließlich über den Rand zog, rollte sie auf den Rücken und starrte schwer atmend vor Anstrengung gen Himmel.

Die Laute der Tiere waren jetzt viel näher, und sie musste gegen die ersten Wellen der Angst ankämpfen.

Hier draußen war jedoch kein Platz für Angst. Das hier war für Clint. Für Mule Hollow.

Auch wenn Clint so wenig von ihr hielt, wusste

sie, dass sie tun musste, was sie konnte, um ihm zu helfen. Sie liebte ihn. Dieser Gedanke war es, der sie daran hinderte, davonzulaufen, als Visionen von Klapperschlangen drohten, ihr den Mut zu nehmen.

Sie liebte ihn, und auch wenn es vielleicht kein Wunder geben und er sie nie lieben würde, konnte sie das für ihn und den Ort tun.

Lacy rappelte sich auf und kroch auf allen Vieren zu den Bäumen. Jetzt konnte sie die Lichter sehen. Taschenlampen. Sie tanzten um einen großen Viehanhänger, in den zwei Männer die letzten Rinder auf dieser Weide führten.

Sie hatte es gerade noch rechtzeitig geschafft. Sie sahen aus, als wären sie fast fertig, und sie wusste, dass sie bald in die Nacht verschwinden würden. Und danach würden sie sie weiß Gott wie lange nicht sehen.

Ihre Gedanken kreisten um ihren nächsten Schritt, als sich plötzlich eine Hand über ihrem Mund schloss. Ihr Herz setzte aus, und bevor sie reagieren konnte, wurde sie gegen einen harten Körper gerissen.

„Sei still", zischte der Mann heiser in ihr Ohr. „Und rühr dich nicht."

Was hatte diese Frau jetzt schon wieder vor? Clint presste Lacy an seine Brust und wartete darauf, dass sie aufhörte, sich zu winden.

Sie war stärker als sie aussah, und er musste ihr den Mund fester zuhalten als er wollte, um sie am Schreien zu hindern.

„Lacy, ich bin es", knurrte er. „Clint. Sei still, oder sie hören, dass wir hier sind."

Lacy hielt still und lehnte den Kopf zurück, um ihm ins Gesicht zu blicken. Sie konnte ihn im Schatten unter den Bäumen kaum sehen, doch sie nickte. Als er sie losließ, wirbelte sie sofort zu ihm herum. Er musste sich zu ihr hinunter beugen, um ihr wütendes Flüstern verstehen zu können.

„Du hast mir einen Riesenschreck eingejagt. Was machst du denn hier?"

„Ich wüsste viel lieber, was *du* hier machst."

Er beobachtete die Bewegungen der Männer, die nicht viel mehr als zehn Meter von ihnen entfernt waren. Sie hatten sie noch nicht gehört, doch Lacys laute Natur war nicht auf ihrer Seite.

„Ich versuche, deine Viehdiebe zu schnappen", zischte sie und wandte sich schnell wieder von ihm ab. Er trat dicht hinter sie und wünschte sich, sie wäre nicht hier aufgetaucht. Nicht, wenn er schon seinen Sieg über die Diebe riechen konnte.

Was sollte er jetzt tun? Sein Plan hatte nicht beinhaltet, Lacy in Gefahr zu bringen.

Die Männer luden den letzten Stier auf den Anhänger und verriegelten die Laderampe. Dann gingen sie ohne ein weiteres Wort zum Truck und stiegen ein. Clint wusste, dass er im Begriff war, seine Chance zu verpassen. Seine Ahnung, was Merle anging, war richtig gewesen. Clint hatte sich hier auf die Lauer gelegt, in der Hoffnung, dass sie sich für diese Herde interessierten, denn viele der Kühe waren trächtig und würden bald ihre Kälber zur Welt bringen. Gab es einen besseren Weg, sein Risiko zu optimieren, als zwei Tiere in einem zu stehlen?

„Wir können sie nicht gehen lassen!", rief Lacy als der Motor schnurrend zum Leben erwachte und die Rücklichter des Anhängers aufleuchteten. Sie machte Anstalten, ihnen zu folgen, doch Clint hielt sie fest.

„Whoa, Lacy. Du gehst nirgendwo hin."

Sie wirbelte herum und durchbohrte ihn mit Blicken, auch wenn er ihre Augen kaum sehen konnte.

„Wir können sie nicht davonkommen lassen!"

Clint war genauso empört. Er hatte vorgehabt, auf den Anhänger zu klettern, sobald sie losfuhren, herauszufinden, wo sie das Vieh hinbrachten und dann Brady Bericht zu erstatten. Doch mit Lacy im Schlepptau konnte er das nicht riskieren. Auf einen Viehtransporter zu klettern und seine eigene Haut zu riskieren war eine Sache, doch Lacy in Gefahr zu bringen war ein Risiko, das er nicht einzugehen bereit war. Er ließ seine Hand von ihrem Arm sinken, nahm seinen Hut vom Kopf und fuhr sich mit der Hand durchs Haar, während er sich den Kopf nach einem Alternativplan zermarterte.

Doch für Lacy war das genau die Gelegenheit, auf die sie gewartet hatte. Sie schoss aus dem Schutz der Bäume hervor und hinter dem Viehtransporter her.

Lacy rannte dem Trailer hinterher und schwang sich auf die Stoßstange, bevor sie sich überhaupt der möglichen Konsequenzen bewusst wurde.

Ihr Starrsinn hatte wieder einmal die Überhand gewonnen, und sie musste sehen, wie sie da wieder herauskam.

Kühe muhten und schoben sich unruhig hin und her. Lacy klammerte sich an den Stahlstreben fest und überlegte einen Moment, ob sie wieder abspringen sollte. Doch dann sah sie durch die Streben die riesigen dunklen Augen einer Kuh. Ihr Gesicht wurde vom roten Leuchten der Rücklichter erhellt, und während Lacy sich verzweifelt festklammerte, schob sie ihre Nase durch die Streben und stieß Lacys Wange an, als wollte sie um Hilfe bitten.

„Okay, Mädchen", seufzte Lacy. „Ich hol dich da

schon raus."

„Lacy, hast du den Verstand verloren?", blaffte Clint, als er sich neben ihr auf den Anhänger schwang, alles andere als glücklich, dass er ihr hinterherjagen musste. „Dir könnte weiß Gott was passieren!"

„Unsinn. Das sind Viehdiebe, keine Killer."

„Das weißt du doch nicht. Und jetzt spring ab, solange du noch kannst", forderte er. „Lacy, ich lasse nicht zu, dass du dich in Gefahr begibst. Spring ab. *Sofort!*"

„Nein." Sie kletterte über die Ladeklappe und setzte sich auf die Ecke. Als sie hinunterblickte und die großen dunklen Leiber sah, die einander hin und her schoben, empfand sie ein wenig Angst, doch zumindest sah sie keine Hörner in diesem Bereich des Anhängers.

Das war gut.

Clint ließ sich neben ihr herunter und murmelte etwas, das sie nicht verstehen konnte, doch selbst in der Dunkelheit war seine Wut spürbar.

Dann war er eben wütend. Sie hatte angefangen und jetzt würde sie es auch zu Ende bringen. Sie klammerte sich an den Streben fest und versuchte, ihn zu ignorieren, doch als der Truck abrupt anhielt, verlor sie den Halt und rutschte ab.

Clint packte sie um die Hüfte und zog sie an seine

Brust. Offensichtlich hatte er eine viel bessere Balance auf dem Viehtransporter als sie.

Als sie wieder losfuhren, trafen sie auf ein Schlagloch und Clint hielt Lacy fester. Mit einer Hand hielt er sich an den Streben fest und versuchte, das unruhige Vieh mit dem Rücken von ihnen fernzuhalten. Eine falsche Bewegung, und die riesigen Tiere würden sie zu Tode trampeln.

„Du hast wirklich keine Ahnung, wie man seine Impulse kontrolliert, oder?", fragte er gereizt, froh, dass sie nicht allein auf die Viehdiebe gestoßen war, und dankte Gott im Stillen, dass Er ihn heute Nacht auf ihren Pfad gelenkt hatte.

Sie drehte sich in der engen Ecke um und funkelte ihn an. Trotz allem hätte er sie in diesem Moment am liebsten geküsst. Es ergab keinen Sinn. Diese Frau trieb ihn in den Wahnsinn mit ihren unüberlegten Handlungen.

Und doch liebte er sie.

An diesem Nachmittag hatte er sich das eingestanden.

Doch er hatte keinen Anspruch auf sie. Das hatte sie mehr als deutlich klargemacht. Und nach dieser Aktion zweifelte er an seinem Verstand, da er sie immer noch wollte.

Es machte ihm Angst, doch er konnte nicht anders,

er liebte sie. Er hatte sich entschlossen, die Ablehnung, die er von seiner Mutter erfahren hatte, hinter sich zu lassen und Lacys Liebe und eine mögliche Zukunft zuzulassen, in der Hoffnung, dass sie dasselbe tun konnte.

Die furchteinflößende Frage, die Clint plagte, war jedoch, wie er jemals wissen konnte, was sie als nächstes tun würde. Ein bisschen verrücktes Fahren, ein niedliches aufbrausendes Temperament, dazu ein weiches Herz und eine erstaunliche Entschlossenheit, ihre Ziele zu erreichen. All das zog ihn an. Doch ihre leichtsinnige Bereitschaft, sich in Gefahr zu bringen – da war er sich nicht sicher, ob er damit umgehen konnte.

KAPITEL SECHZEHN

Lacy starrte zwischen den Streben hindurch in die dunkle Nacht, die an ihnen vorbei raste. Clints Nähe machte sie nervöser als die Fahrt selbst. Sie musste sich daran erinnern, wie wenig er von ihr hielt und dass sie Ziele zu erreichen hatte, die nichts damit zu tun hatten, dass sie ihn liebte.

Sie sah Clint verstohlen an. Er war an seinem Handy und sprach mit Sheriff Brady. Clint versuchte schon eine Viertelstunde, zu ihm durchzukommen, was in dieser Gegend reiner Glücksfall war. Jetzt, wo er es geschafft hatte, gab er Brady so viel Informationen, wie er konnte, für den Fall, dass die Verbindung zusammenbrach. Sie wandte den Blick wieder ab und starrte in die Schwärze hinaus.

Das Leben hatte einen seltsamen Humor.

Ob es ihr gelingen könnte, Clints Meinung über

sie zu ändern? Könnte sie ihm beweisen, dass sie seiner Liebe wert war, dass sie ihn und ihre Kinder nicht verlassen würde, wenn sie das Glück hätten, welche zu bekommen? Darum würde sie sich bemühen, hätte sie ihn nicht in diese bescheidene Situation gebracht, aus der es keinen Ausweg zu geben schien.

„Brady ist auf dem Weg", sagte Clint und riss sie damit aus ihren Gedanken. „Oder zumindest auf dem Weg in die Gegend. Er hat schon den Sheriff in Ranger um Verstärkung gebeten."

„Weißt du, wo wir sind?", fragte Lacy hoffnungsvoll.

„Nicht wirklich. Ist schwer zu sehen, und die letzte Straßenmarkierung, die ich ihm geben konnte, war, bevor wir auf diese unbefestigte Straße abgebogen sind. Hoffentlich ist das nicht die Straße in der Nähe des Umspannwerks."

Lacy versuchte, sich keine Sorgen zu machen. Doch sie wusste, in welche Gefahr sie sie mit ihrem impulsiven Handeln gebracht hatte.

Nach einer gefühlten Ewigkeit wurde der Transporter langsamer. Clint legte beschützend den Arm um sie, als die Rinder unruhig wurden und sie anstießen. Sie fuhren über ein Weiderost.

„Wir müssen uns bereitmachen, abzuspringen, bevor sie zum Pferch kommen", sagte er an ihr Ohr.

Lacy nickte. Sie ignorierte das Prickeln, das sein Atem über ihre Haut jagte, und machte sich daran, über die Streben zu klettern.

„Sei vorsichtig", sagte er und stützte ihren Arm.

Lacy konzentrierte sich darauf, nicht den Halt zu verlieren. Sobald sie auf der Stoßstange Halt gefunden hatte, machte sie Clint Platz. „Jetzt du", sagte sie und sah zu, wie er ohne große Mühe neben sie kletterte.

Er sah sie an und plötzlich beugte er sich vor und küsste sie. „Du bist eine schöne Frau, Lacy Brown. Ärger auf zwei Beinen, aber schön."

Warum musste er sie schon wieder verwirren?

„Komm", flüsterte er, als wäre gerade nichts passiert. „Wir verstecken uns im Schatten der Scheune."

Sie nickte. „Nach dir."

Er ergriff ihre Hand, und gemeinsam sprangen sie vom Anhänger. Schnell huschten sie durch die Dunkelheit, immer bedacht, einen großen Bogen um die Lichtkegel der Scheinwerfer zu machen.

„Was glaubst du, wer die sind?", fragte sie, als sie sicher in der Deckung der Scheune angekommen waren. Jetzt war nicht die Zeit nachzudenken, was da zwischen ihnen ablief. Das würde warten müssen, auch wenn das Pochen ihres Herzens nichts mit den Viehdieben zu tun hatte.

Das Muhen und das schwere Klappern der Hufe verriet ihnen, dass die Tiere abgeladen wurden. Clint spähte um die Ecke, antwortete aber nicht. Lacy schob sich an ihm vorbei, um selbst einen Blick zu erhaschen. Im Licht eines Strahlers trieben zwei Cowboys die Tiere in einen Pferch.

„Erkennst du sie?", fragte sie leise.

„Zurück, Lacy. Ich will nicht, dass dir was passiert", sagte er, wieder, ohne ihre Frage zu beantworten.

Lacy richtete sich auf. „Mir wird schon nichts passieren. Clint Matlock, du kannst wirklich unausstehlich sein."

„Nicht jetzt, Lacy", seufzte er, packte ihre Arme und hielt sie fest. Dann lehnte er seine Stirn gegen ihre.

Der aufsteigende Protest blieb ihr im Halse stecken. Sekunden verstrichen, und sie konnte nur dastehen und sich fragen, was er gerade dachte.

Ohne den Kopf zu heben sagte er schließlich: „Mein Plan war es, hierher zu kommen und auf Verstärkung zu warten, nicht, hier mit dir zu diskutieren. Das ist nicht dein Kampf, und ich will nicht, dass du weitere Risiken eingehst. Ich will, dass du hier bleibst, während ich mich ranpirsche, um besser sehen zu können. Ist das zu viel verlangt?"

„Es ist mein Kampf", flüsterte sie und sah sich um, da sie fürchtete, dass Clint Recht hatte und sie wegen ihres großen Mundwerks erwischt werden könnten. „Diese Männer bedrohen den guten Ruf von Mule Hollow. Als Geschäftsinhaberin und Bürgerin ist das sehr wohl meine Sache." Sie straffte ihre Schultern. „Ich habe dir schon einmal gesagt, dass du dir keine Sorgen um mich machen sollst. Du bist *nicht* für mich verantwortlich. Davon abgesehen kann ich gut auf mich selbst aufpassen. Und außerdem bin ich diejenige, die uns in diese Situation gebracht hat."

Er rieb ihre Arme, als kämpfte er gegen seine eigenen widersprüchlichen Emotionen an, dann zog er sie sanft an sich.

Wenn er sie geschüttelt hätte, hätte sie damit umgehen können. Eine Umarmung jedoch traf sie genauso unvorbereitet wie der Kuss, und ihr Herz schwoll.

Sie löste sich von ihm und stapfte zum Ende der Scheune, weg vom Licht. Weg von Clint und allem, was er in ihr auslöste. Im einen Moment verglich er sie mit seiner *Mutter*, im nächsten küsste er sie, umarmte sie und spielte mit ihrem Herzen. *Nein! Lass das nicht zu!*

259

„Wo willst du hin?"

„Ich werde herausfinden, wo wir sind, und mir was einfallen lassen, wie wir diese Typen festnehmen können."

„Ich will nicht, dass sie wissen, dass wir hier sind, Lace—"

Seine Stimme klang plötzlich seltsam, und Lacy blickte auf.

Die Schrotflinte ließ sie wie angewurzelt stehenbleiben.

„Zu spät", sagte eine Stimme aus der Dunkelheit. „Das weiß ich schon."

Das war nicht gut. Lacy starrte den Lauf der Waffe an, als der Eigentümer der Stimme hinter der Ecke hervor trat. Er war groß, dunkel gekleidet, und in seinem Mundwinkel hing eine Zigarette, deren Glut bei jedem Wort hüpfte.

„Bleib ruhig, Lacy", flehte Clint und legte seine Hand auf ihren unteren Rücken.

Doch es war zu spät. Sie stemmte die Hände in die Hüften und starrte den Mann mit der Zigarette böse an. „*Er* sollte besser ruhig bleiben."

Clint schüttelte fassungslos den Kopf.

„Ich?" Der Mann mit der Zigarette lachte finster. „Ich glaube, du verwechselst da was. Ich bin derjenige mit der Waffe. Bewegung."

Das kalte Metall an ihrer Schulter brachte ein bisschen Vernunft in Lacys unvernünftiges Verhalten, und sie gehorchte.

„Tu der Lady bloß nichts", sagte Clint mit einem Unterton in der Stimme, der bedrohlicher war als der des Bewaffneten.

„Das bestimmst nicht du. Und jetzt Bewegung, sonst fängt sie sich eine Ladung Schrot ein."

„Tu was er sagt, Lacy", sagte Clint, und Lacy folgte ihm in Richtung des Viehtransporters.

Lacy kochte vor Wut. „Damit kommen Sie nicht durch", keifte sie.

„Lacy, sei still."

Auch wenn die Angst in ihr schrie, ignorierte Lacy sie. „Ich werde nicht schweigen, Clint Matlock."

„Ah, jetzt verstehe ich", sagte der Mann mit der Zigarette. „Keine Lust mehr, dir das Vieh von uns abnehmen zu lassen?"

„Wie Recht Sie damit haben", antwortete Lacy an Clints Stelle. „Er hat die Nase voll von Ihrer Verbrecherbande!"

„Himmelherrgott, Lacy!", zischte Clint. „Hör auf damit! Ich versuche, dich hier ungeschoren rauszubekommen. Oder ist dir die Schrotflinte entgangen, die auf dich gerichtet ist?"

Dann traten sie vor die Scheune und ins Sichtfeld

der anderen Viehdiebe.

„Schaut, was sich hinter der Scheune rumgedrückt hat", rief der Mann mit der Zigarette den anderen Viehdieben zu. Sie drehten sich in das Licht des Strahlers, der an der Wand der Scheune hinter Lacy und Clint montiert war, und kamen herüber.

Lacy zuckte zusammen. Diese Männer waren groß, böse und *hässlich*. Aus der Nähe konnte sie sehen, dass einer von ihnen eine Augenklappe trug.

„Wen haben wir denn da?"

„Schluss damit, Austin", knurrte Clint.

Lacy warf Clint einen Blick zu. „Woher kennst du seinen Namen?"

„Die Augenklappe. Brady hat mir die Beschreibung weitergegeben, die er vom Viehbeschauer der Viehzüchtervereinigung bekommen hat. Es dürfte nicht allzu viele einäugige Viehdiebe geben. Austin und seine Jungs hier ziehen diese Nummer im ganzen Land ab. Der *einäugige Viehdieb* steht in fünf Bundesstaaten auf der Fahndungsliste. Wir haben schon vermutet, dass er es war. Die Vorgehensweise ist dieselbe wie bei seinen anderen Opfern."

„Warum hast du mir nicht davon erzählt?", fragte Lacy, der es wehtat, dass er sich ihr nicht anvertraut hatte.

„Weil das mein Problem war."

Sie starrte ihn finster an, doch er sah es nicht. Er ließ den Einäugigen nicht aus den Augen. „Du hättest es mir sagen können." Sie wusste, dass es kindisch war. Sie wurden von Viehdieben mit einer Schrotflinte bedroht, und sie war beleidigt, weil Clint ihr nicht erzählt hatte, wer diese Diebe vielleicht waren.

„Ja, Clint, du hättest es ihr erzählen können", äffte Austin sie nach und trat auf sie zu. Als sie zurückweichen wollte, legte er einen Arm um ihre Taille und riss sie an sich. „Das könnte eine lustige Nacht werden."

In seinen Armen empfand Lacy eine Angst, die sie so noch nie gespürt hatte. Austin beugte sich zu ihr hinunter, und sie wand den Kopf von seinem heißen Atem in ihrem Gesicht ab. Ihr Blick begegnete Clints, und ihr Herz setzte aus. Seine Miene war mörderisch, seine Augen hart wie Stein.

Als Austin ihr mit der Pistole über die Wange strich, hechtete Clint vor. „Lass die Hände von ihr–" Den Lauf der Schrotflinte, der seinen Schädel nur knapp verfehlte und ihn hart an der Schulter traf, hatte er nicht kommen sehen.

Lacy schrie auf, als sie Clint auf die Knie sacken sah, und beobachtete das widerliche Grinsen im Gesicht des Mannes mit der Zigarette. Sie wollte Clint aufhelfen, doch Austin hielt sie fest. „Clint!", schrie sie, als Austin den Lauf der Pistole an Clints Schläfe presste.

Dann erstarrte sie und betete, wie sie noch nie zuvor gebetet hatte.

„Lacy", presste Clint mit harter Stimme hervor. „Tu genau, was sie sagen. Austin, soweit ich weiß bist du kein Mörder. An deiner Stelle würde ich jetzt nicht damit anfangen."

Austin lachte. „Ich bin auch noch nie in dieser Situation gewesen. Sonst hätte ich vielleicht schon lange meinen ersten Mord begangen."

Sein Lachen jagte eiskalte Schauer über Lacys Rücken.

„Verstärkung ist schon auf dem Weg!", platzte sie heraus, in der Hoffnung, Austin ablenken zu können. Sie musste etwas tun, um die Waffe von Clints Kopf wegzubekommen.

„Ach so? Hat Clint hier es etwa geschafft, jemanden anzurufen?"

„Ja, das hat er, und in ein paar Minuten wird es hier nur so von Cops wimmeln." Ihre Stimme klang tapferer, als sie sich fühlte.

„Boss, vielleicht sollten wir besser verschwinden", sagte der dritte Viehdieb.

Austin schüttelte den Kopf und versetzte Clint

einen Stoß mit der Pistole gegen die Schulter. „Sie blufft. Die Wahrscheinlichkeit, hier draußen eine Verbindung zu bekommen, geht gegen Null. Was glaubst du, warum ich die Farm gepachtet habe?"

„Vielleicht hat er ja Glück gehabt. Vielleicht ist der Sheriff wirklich schon auf dem Weg. Sie wissen, wer wir sind–"

„Sie werden es niemandem erzählen."

Lacy sah das Leuchten in Austins Auge, und ihr Herz setzte erneut aus. Sie konnte Clint nicht verlieren – sie musste die Waffe von ihm wegbekommen. Sie musste etwas tun, um Austin abzulenken. Seine Hand umfasste die Pistole fester, und ihre Aufmerksamkeit schoss zu Clint, der zu ihr aufblickte und sie mit ruhigem Blick ansah – wahrscheinlich, um sie zu bitten, die Beherrschung nicht zu verlieren.

Oder er wartete auf die richtige Gelegenheit, um zurückzuschlagen. Sie wusste, dass sie sie für ihn ablenken musste. Wenn Austin die Waffe auf sie richten würde, hätten sie vielleicht eine Chance.

Clints Augen loderten, und er schüttelte kaum merklich den Kopf. „Nein", formte er wortlos mit den Lippen, doch sie begann zu schreien. Sie wusste, dass sie sie ablenken konnte. Sie riss an Austins Arm und schrie weiter. Adrenalin schoss durch ihre Adern, als sie den panischen Blick des Mannes mit der Zigarette sah. Sie spürte, wie Austin versuchte, sie festzuhalten, und zerrte und schrie und wand sich.

Austin war überfordert damit, sie mit einem Arm festzuhalten und die Waffe auf Clint gerichtet zu halten.

„*Du verdammtes Weibsbild!*", schrie Austin und richtete die Pistole wie erhofft auf sie. „Halt die Klappe, oder die erste Kugel gehört dir."

„Lacy, sei still", Clints Stimme war sanft, und als sie ihn ansah, verstummte sie.

Austin presste den Lauf der Waffe an ihre Schläfe, und sie spürte, dass er zitterte. Er war zum Zerreißen angespannt, doch sie spürte keine Angst. Das einzige, was sie spürte, war Liebe, wenn sie Clint ansah.

Einen Moment lang war es ihr gelungen, die Waffe von Clint abzulenken. Doch der Mann mit der Zigarette hatte bereits wieder seine Schrotflinte auf ihn gerichtet.

„Austin", sagte Clint knapp. „Nimm den Truck und verschwinde, bevor der Sheriff auftaucht. Ihr könnt immer noch davonkommen, und verletzt ist auch niemand. Du willst Lacy nichts tun."

„Warum? Ich würde der Welt einen Gefallen tun, sie von dieser Durchgeknallten zu befreien."

Clints Miene verfinsterte sich. „Nein, das würdest du nicht." Langsam erhob er sich.

„Keine Bewegung", blaffte der Mann mit der Zigarette und rammte den Lauf der Schrotflinte gegen

Clints Schulter. „Niemand hat gesagt, dass du dich bewegen sollst. Knall sie ab, Boss, und dann lass uns verschwinden. Carl, in den Truck", zischte er, und Lacy kam zu dem Schluss, dass Carl keinen freien Willen besaß. Carl rannte zum Truck und sprang hinein.

Wütend presste Austin ihr das kalte Metall fester gegen die Schläfe, und sie konnte die Wut in Clint hochkochen sehen. Ihr Puls raste, denn sie fürchtete, dass er irgendetwas tun und diese Halunken ihn erschießen würden. Sie wandte sich Austin zu und konzentrierte sich.

„Wer ist der Boss hier?", fragte sie und sah ihm ins Auge. „Du oder Smokin' Joe da drüben?"

Austin schnitt eine Grimasse. „Halt die Klappe. Dawson, du gehst nirgendwohin, bis ich es dir sage."

Dawson, na bitte. Nun hatte er endlich einen Namen.

„Wir haben schon genug Vieh verkauft", knurrte Dawson. „Ich will nicht warten, bis die Cops hier aufkreuzen und mir Handschellen anlegen. Ich gehe nicht wieder in den Knast, nur, weil ich nicht zugeben kann, dass es Zeit ist, Schluss zu machen."

„Ja, Boss", rief Carl vom Truck aus. „Daw hat Recht."

„Ich gebe hier die Befehle!", tobte Austin. Seine Wut hing beinahe spürbar in der Luft, als er Lacy vor sich her stieß, um zu Dawson zu kommen. Als Lacy stolperte und fiel, war Austin unvorbereitet. Er riss sie an sich, doch es war zu spät. Er verlor das Gleichgewicht, und beide fielen vornüber.

Clint rammte Dawson den Ellbogen in die Magengrube, dann stürzte er sich auf Austin. Sie wurde zur Seite geschleudert, als Clint Austins Arm packte, eine Hand in der Waffe, die andere an seinem Hals, während sie um die Waffe rangen. Lacy rappelte sich auf, um zu helfen, doch als Dawson ihr einen Stoß versetzte, stolperte sie auf den Viehtransporter zu.

Sie fing sich, bevor sie dagegen fiel, und wirbelte gerade rechtzeitig herum, um zu sehen, wie Dawson den Lauf der Schrotflinte in Richtung von Clints Schädel herunter sausen ließ. Mit einem grässlichen Krachen traf er. Clints Knie gaben nach, und er sackte nach vorn.

„Clint!", schrie sie und streckte die Hand nach ihm aus, während er zu Boden ging.

Was, wenn ich nie die Gelegenheit bekomme, Clint zu sagen, dass ich ihn liebe? Was, wenn Clint wegen ihrer Dummheit sterben musste? Guter Gott, was habe ich getan?

Clint kämpfte gegen die Dunkelheit an, die ihn einhüllte, als er am Boden aufschlug. Brennender Schmerz schoss durch seinen Schädel.

„Nein!", hörte er Lacy schreien und zwang sich,

den Kopf zu heben. Er fühlte sich schwer an, und die Anstrengung nahm ihm den Atem. Ein Rinnsal Blut lief ihm ins Gesicht, während er versuchte, sich auf Lacy zu konzentrieren. Austin stand über ihm, die Waffe auf ihn gerichtet. Dawson wandte sich Lacys Stimme zu, doch dann sah er – sehr zu seinem Entsetzen – wie Lacy Dawson auswich und sich auf Austin stürzte.

Mit Tränen in den Augen kratzte sie sein Gesicht. *Sie war schön und hatte Gottvertrauen.* Er wusste, dass sie bis zum Tod kämpfen würde, wenn sie musste.

Clint kämpfte darum, bei Bewusstsein zu bleiben. Er musste ihr helfen.

Austin stieß sie zurück, doch sie holte aus und rammte ihm den Ellbogen gegen die Nase. Überrascht von der Wucht des Schlags und blutend stolperte er zurück.

Clint konzentrierte sich auf die Waffe, die auf die Frau, die er liebte, gerichtet war. Wild entschlossen zwang er sich, sich zu bewegen und die Dunkelheit abzuschütteln, die ihn zu verschlingen drohte.

Dann trat Dawson in sein Blickfeld, jetzt mit zwei Waffen, die er beide auf Lacy gerichtet hatte.

„Lacy!", schrie Clint, und mit aller Kraft hechtete er auf sie zu, um sie zu beschützen, bevor die Dunkelheit obsiegte.

Der Schuss war das Letzte, was Clint hörte.

KAPITEL SIEBZEHN

Clint schreckte auf. *Lacy!*

Wo war sie? Langsam nahm er seine Umgebung wahr und sah, dass er in einem Krankenhaus war. Im Ranger Hospital. Eine Schwester stand am Fußende seines Betts und studierte seine Krankenakte.

Sein Kopf dröhnte, doch er versuchte, sich aufzusetzen. Er musste Lacy finden. Er musste wissen, ob sie am Leben war–

„Langsam, langsam, Cowboy", sagte die Schwester und drückte ihn sanft zurück auf sein Kissen.

„Lacy", flüsterte er heiser. Der Raum drehte sich um ihn.

„Sie ist im Wartebereich. Der Arzt ist zu ihr gegangen, um ihr zu sagen, dass Sie wieder auf die

Beine kommen werden. Wir haben die Platzwunde genäht, und außer einer Gehirnerschütterung sind Sie in Ordnung. Sie haben unglaubliches Glück gehabt. Wundern Sie sich aber bitte nicht, wenn Sie sich nicht an alles erinnern können, das ist normal. Sie werden noch ein paar Tage höllische Kopfschmerzen haben, aber in ein paar Tagen sind Sie wieder auf den Beinen."

Sie war am Leben. Sie war unverletzt. „Danke", brachte er heraus. Er war erschöpft, doch er dankte Gott, dass Lacy nicht erschossen worden war.

Ein paar Minuten später ging die Tür auf, und Lacy kam herein. Er saugte ihren Anblick in sich auf, denn er hatte sich nichts sehnlicher gewünscht, als sie in Sicherheit zu wissen. Sie war blass, ihre Augen wirkten noch größer als sonst, und er sah, dass sie am ganzen Leib zitterte.

„Clint", schluchzte sie und rannte an sein Bett. „Es tut mir so leid. So leid."

„Was denn", flüsterte er. „Du hast mich gerettet."

Sie begann zu weinen. „Nein, Brady hat uns gerettet. Er ist gekommen, kurz nachdem du das Bewusstsein verloren hast. Er hat Austin in die Hüfte geschossen." Tränen rannen über ihr schönes Gesicht. „Meinetwegen wärst du beinahe gestorben. Wenn ich nicht auf den Viehanhänger gesprungen wäre, dann …

Ich – ich konnte einfach den Mund nicht halten." Sie schluchzte und wischte sich die Tränen mit dem Handrücken vom Gesicht.

Clint stützte sich auf einen Ellbogen. Er wollte sie einfach nur halten. „Du hast nur versucht zu helfen." Er hob die Hand, und sie kam in seine Umarmung. Ihre Tränen benetzten seine Schulter und sein Krankenhausnachthemd, bis die Schwester zurückkehrte und ihn schalt, weil er sich aufgesetzt hatte.

Widerwillig ließ er sich zurück auf die Kissen sinken und beobachtete, wie Lacy versuchte, ihre Tränen mit einem Taschentuch zu trocken, das die Schwester ihr gegeben hatte. Zittrig hob er eine Hand und legte sie auf ihre.

„Ich werde dich heiraten", sagte er, überzeugter, als er je in seinem Leben von etwas gewesen war.

Lacy starrte ihn fassungslos an. „Du hast gesagt … ich–" Sie schluckte. „Ich erinnere dich an deine Mutter, und meinetwegen wärst du beinahe gestorben." Abrupt stand sie auf und wandte sich zum Gehen.

Clint hielt ihre Hand fest. „Das tust du", sagte er und zog sie sanft zurück. „Ich wusste nicht, was ich an diesem Tag in deiner Küche getan habe. Alles in mir hat verrückt gespielt und mein Herz erst recht. Du hast mir Angst gemacht." Er hielt inne und kämpfte gegen die Emotionen an, die in ihm aufwallten.

„Aber seitdem bin ich mir über ein paar Dinge klar geworden", fuhr er fort. „Ich wollte eigentlich heute oder gestern rüberkommen – ich weiß nicht einmal, was für ein Tag heute ist. Ich wollte alles wiedergutmachen, doch ich bin ein bisschen abgelenkt worden." Lacy hob den Kopf. Alle Vorbehalte in ihren Augen schmolzen dahin und machten der Hoffnung Platz. Das war seine Frau.

Und er würde sie behalten.

„Nein." Sie zog die Hand weg und trat einen Schritt zurück. „Nein, ich kann nicht."

„Lacy, was ist los? Was meinst du mit nein?" Er mochte den Ausdruck in ihren Augen nicht.

„Das würde nie funktionieren." Lacy wirbelte herum in Richtung Tür, und er hätte sie verloren, hätte er nicht ihre Hand festgehalten, entschlossen sie nie wieder gehen zu lassen.

„Du musst mich nicht lieben, Clint", schniefte sie und rang um Fassung. „Du hast Recht. So wie ich bin, kannst du dir nie sicher sein, was ich morgen tun werde. Meinetwegen wärst du beinahe gestorben."

„Langsam, langsam." Clint zog sie zurück auf sein Bett. „Ich liebe dich so, wie du bist. Deine Energie.

Und ich bin okay." Clint hob die Hand und strich sanft eine Haarsträhne von ihrer nassen Wange. „Hier geht es nicht um dich, Lacy, zumindest nicht so, wie du denkst. Ich habe dich beobachtet, und ich habe dein Herz gesehen. Du hast mich verändert. Du hast mir geholfen, meine Wut zu überwinden und mich aus dem Griff der Vergangenheit zu befreien. Du und dein Glaube und deine Lebensperspektive haben mich tief berührt und mich zu einem besseren Menschen gemacht. Genau wie alle anderen, die dich in Aktion gesehen haben. Manchmal übertreibst du es vielleicht ein bisschen, aber dein Herz ist so echt…"

Lacy vergrub ihr Gesicht an seiner Schulter. Seine Worte berührten sie tief.

„Lacy", flüsterte er in ihr Ohr. „Du bist die Antwort auf meine Gebete. Du bist, was ich so lange gebraucht habe. Ich liebe dich, Lacy, und wenn du mich heiratest, verspreche ich dir, dass wir zusammen daran arbeiten werden, deine Vision für Mule Hollow zur Realität zu machen."

Lacy konnte nicht mehr denken, als Clint sagte, dass er sie liebte. Sie blickte auf und begegnete seinem lodernden Blick. Mit zitternden Fingerspitzen berührte sie seine Wange.

Sonnenlicht drang in ihre Adern, flutete ihr Herz, und ein Lächeln breitete sich auf ihrem Gesicht aus.

„Könntest du mich wirklich lieben, nach allem, was du letzte Nacht meinetwegen durchgemacht hast?"

Anstatt zu antworten, küsste Clint sie. Es war ein langsamer Kuss, entschlossen und zärtlich, und er verjagte damit alle Zweifel. Als sie den Kopf hob, glitzerten seine Augen.

„Wie ich schon zuvor gesagt habe, dein Problem ist, dass du nicht weißt, wann du aufhören musst. Willst du mich heiraten?"

„Oh Clint, ich liebe dich auch. Aber schau, wohin ich dich mit meinen dummen, unüberlegten Aktionen gebracht habe. Nicht einmal mit einer Schrotflinte im Rücken konnte ich die Klappe halten. Clint … du hättest draufgehen können meinetwegen!" Überwältigt von Unsicherheit vergrub sie erneut ihr Gesicht an seiner Brust und weinte.

„Ja, das hätte passieren können." Seine Stimme war sanft, als er ihr mit der Hand über die Haare strich. „Ich muss dir sagen, Lacy, ich habe nie jemanden gesehen, der mutiger ist als du. Die ganze Zeit hast du diesen Verbrechern Paroli geboten, auch wenn du gewusst hast, dass du dich zum Ziel ihrer Frustration machen würdest. Denen ist Hören und Sehen vergangen, als du angefangen hast zu schreien. Mich hat es auch überrascht." Er hob ihren Kopf und zwang sie, ihn anzusehen. „Ich würde nie versuchen, dich zu bremsen, Lace. Ich will nur, dass wir ein Team sind."

Lacy schmolz bei seinen Worten. Hoffnung und pure Freude wallten durch sie hindurch. „Oh Clint", seufzte sie. „Ich dachte, ich bin hergekommen, um für andere ihre Liebe zu finden, dabei bin ich zu dir gekommen."

Clint neigte den Kopf. „Stell sich das einer vor."

Clint zog sie an sich und in die süße Stille hinein, erfüllt mit dem Staunen ihrer gemeinsamen Entscheidung, sagte Clint: „Lacy, kommst du mit mir nach New Orleans?"

„Ich würde überall mit dir hingehen", sagte sie leise. „Gibt es einen besonderen Grund dafür?"

Clint dachte an den Brief, den er am Nachmittag in seine Hosentasche gesteckt hatte. „Ich muss eine Lady besuchen, die da lebt. Ich muss sie zu einer Hochzeit einladen."

EPILOG

Lacy stand mit einer kleinen Gruppe an der Ecke der Hauptstraße. Ihr Herz pochte vor Vorfreude, als sie die Umzugswagen um die Ecke biegen sah. Sie blickte auf und lächelte Clint an, der sie sofort an sich zog, wohl behütet in seinen Armen.

„Schau, Lace, genau, wie du es dir vorgestellt hast", sagte er in ihr Ohr. „Sie kommen."

Lacy genoss die Wärme seines Atems auf ihrer Haut. Es machte ihre Seele glücklich, die Menschen um sich herum zu sehen, die darauf warteten, den drei Lehrerinnen beim Einzug in ihre neuen Apartments zu helfen.

Molly Popp, die vor drei Wochen nach Mule Hollow gezogen war, schien ebenfalls glücklich zu sein.

Lilly Tipps stand am Rand der Gruppe neben

Norma Sue. Lilly war von ihrem Exmann misshandelt worden, und er hatte sie verlassen, als er von ihrer Schwangerschaft erfahren hatte, doch Lacy spürte einen unverwüstlichen Kampfgeist in Lilly. Als sie die Hauptstraße hinunterblickte, wurde Lacy bewusst, dass sie genau denselben Kampfgeist in Mule Hollow gespürt hatte, als sie am ersten Morgen in ihrem Caddy gesessen und von der Hoffnung geflüstert hatte. Es war das Gefühl, ganz unten zu sein, aber nicht aufzugeben. Lacy spürte, dass Lilly niemals aufgeben würde. Und sie wusste, dass die Frauen hier ihr alle Unterstützung geben würden, die sie brauchte.

Sie ließ den Blick über die anderen vertrauten Gesichter in der Menge schweifen, die sie so liebgewonnen hatte. Ihr war zum Jauchzen zumute angesichts der Hoffnung, die sie um sich herum spürte.

„Ist das zu fassen?", fragte Esther Mae und klatschte in die Hände. Sie umarmte ihren Mann Hank. „Ich habe dir gesagt, dass unser Plan funktionieren würde. Ich hab's dir gesagt."

Hank zog eine Augenbraue hoch. „Du hast Recht gehabt. Und ich bin froh darüber. Ihr Ladys habt ganze Arbeit geleistet, diesen Ort wiederzubeleben. Sieht aus, als hättet ihr Erfolg damit."

„Natürlich haben wir das", sagte Norma Sue. „Ihr Männer habt daran gezweifelt, wir Frauen wussten, dass der Herr die ganze Zeit seine Hand im Spiel hatte."

Alle lachten, und Lacy konnte nicht anders. Sie eilte auf die Straße, die Arme weit ausgebreitet. „Kommt, lasst uns die neusten Einwohnerinnen von Mule Hollow begrüßen."

Clint nahm sie bei der Hand, und gemeinsam gingen sie zu Adelas Apartments. Clint und Lacy waren nach New Orleans gefahren, und er hatte eine neue Beziehung mit seiner Mutter angefangen. Im März würde sie zu ihrer Hochzeit kommen.

„Was schaust du so verträumt?", fragte Clint und drückte ihre Hand.

„Ich habe gerade an uns gedacht – wie weit wir doch gekommen sind. Bei unserer ersten Begegnung hätten wir uns am liebsten die Köpfe eingeschlagen, und jetzt werden wir bald heiraten."

Clint blieb stehen und zog Lacy in seine Arme. „Ich kann es kaum erwarten, dich zu Mrs. Clint Matlock zu machen." Dann küsste er sie.

„Okay, okay, das reicht, ihr zwei", unterbrach Norma Sue sie. „Wir haben zu tun."

„Hey, Lacy", rief Bob ihr zu. „Haben wir schon einen nächsten Plan für Mule Hollow?"

„Oh, jetzt ist es *wir* und *unser* Plan?", schnaubte Esther Mae, dann lächelte sie. „Wie gut zu wissen, dass unsere Männer es gutheißen, jetzt, wo alles in die Wege geleitet ist."

„Also, ich dachte mir", begann Lacy und warf einen Blick auf die bunten Gebäude entlang der Hauptstraße. „Wir haben Anzeigen geschaltet, damit Frauen hierherkommen, doch der Winter kommt auch. Vielleicht müssen wir einfach Geduld haben. Wir können nicht erwarten, dass Mule Hollow über Nacht zu einer Großstadt wird." Plötzlich begann eine Idee zu erblühen. „Doch wir könnten ein Weihnachtsschauspiel oder sowas veranstalten."

„Du meinst Schauspielerei?", fragte Andrew stirnrunzelnd.

„Cowboys in einem Theaterstück?", fügte Lilly hinzu. „Das müsste ich sehen, um es zu glauben."

„Du könntest auch mitspielen."

„Ich." Lilly blieb stehen und starrte Lacy mit offenem Mund an. Es war ein Blick, den Lacy zwischenzeitlich gut kannte. Du weißt, wie riesig mein Bauch in ein paar Monaten sein wird? Ich passe ja jetzt schon kaum noch in meine Blusen."

„Ja, ich weiß. Du wirst genau richtig sein."

„Ich glaube nicht –"

Clint tippte Lilly auf die Schulter. „Gib auf. Lacy bekommt, was Lacy will."

„Das habe ich Clint auch gesagt", fügte Sheri

hinzu. „Also stell dich schonmal darauf ein. Wenn Lacy dich in ihrem Schauspiel haben will, dann bekommt sie dich auch. Einschließlich Babybauch."

Sie waren an den Umzugswagen angekommen, und die Lehrerinnen stiegen aus. Sofort eilten die Cowboys herbei und boten ihre Hilfe an. Die Atmosphäre war vielversprechend.

Lacy war zum Singen zumute, darum tat sie es.

„Love is in the Air ... Mule Hollow, wo alle deine Träume wahr werden."

Weitere Bücher von Debra Clopton

Windswept Bay
Von Diesem Moment An
Irgendwo Mit Dir
Mit Diesem Kuss & Für Immer Und Ewig
Warten Auf Liebe
Mit Diesem Ring
Mit Diesem Versprechen
Mit Diesem Schwur
Mit Diesem Wunsch
Mit dieser Ewigkeit

Die Cowboys von Mule Hollow Serie
Liebe Mich, Cowboy
Tanz Mit Mir, Cowboy
Immer Ärger mit Lacy Brown
… plus Baby macht fünf
Mein Herz gehört dir, Cowboy
Halt mich, Cowboy
Sei mein, Cowboy

Über die Autorin

Die Bestseller-Autorin Debra Clopton hat bereits über 2,5 Millionen Bücher verkauft. Ihr Buch OPERATION: MARRIED BY CHRISTMAS soll sogar als ABC Familienfilm verfilmt werden. Debra ist bekannt für ihre modernen Westernromanzen, texanischen Cowboys und temperamentvollen Heldinnen. Romantik und eine Prise Humor werden immer miteinander verflochten, um den Leser zum Lächeln zu bringen. Als Texanerin in sechster Generation lebt sie mit ihrem Ehemann auf einer Ranch im Herzen von Texas und freut sich immer über Zuschriften von ihren Lesern.

Besuche Debras Website unter
debraclopton.com/deutsch

Melde dich für ihren Newsletter
www.subscribepage.com/KostenloseTexascowboyromantik

Triff sie auf Facebook unter
www.facebook.com/debra.clopton.5

Folge ihr auf Twitter unter @debraclopton

Kontaktiere sie unter debraclopton@ymail.com